140년 한국축구의 역사

축구는
역사다_

홍경남

축구는 역사다

발　행 | 2022년 04월 13일
저　자 | 홍경남
펴낸이 | 한건희
펴낸곳 | 주식회사 부크크
출판사등록 | 2014.07.15.(제2014-16호)
주　소 | 서울특별시 금천구 가산디지털1로 119 SK트윈타워 A동 305호
전　화 | 1670-8316
이메일 | info@bookk.co.kr

ISBN | 979-11-372-8005-2

www.bookk.co.kr
ⓒ 홍경남 2022

140년 한국축구의 역사

축구는
역사다

홍경남

차례

프롤로그

의문투성이 한국축구

축구는 세계에서 가장 인기 있는 스포츠 종목이다. 한국도 예외는 아니다. 2019년 한국갤럽 조사에 따르면 한국인이 가장 좋아하는 스포츠는 축구로, 2004년부터 단 한 번도 다른 종목에 1위 자리를 내준 적이 없다.

국가대표 경기가 열릴 때면 축구를 시청하기 위해 집집마다 TV 앞에 가족들이 모이고, 경기장은 관중들로 가득 찬다. 경기가 끝난 다음 날에는 어제 열린 축구경기 결과를 두고 말들이 많아진다. 분명 한국인들은 축구를 좋아한다.

그런데 K리그 경기가 열리는 축구장에 관중석이 가득 찬 모습은 좀처럼 보기가 어렵다. 국가대표 경기에 환호하던 축구팬들은 대체 어디로 갔는가. 한국인들은 분명 축구를 좋아하지 않았던가.

2021년 기준으로 대한축구협회에 등록된 고교 클럽은 185개에 불과하다. 4,000개가 훌쩍 넘는 이웃나라 일본과 비교했을 때도 턱없이 부족한 숫자다. 여자축구의 상황은 더욱 열악하다. 고교 클럽은 단 12개에 불과하고, 성인을 포함한 등록선수는 1,400여 명에 그친다.

그럼에도 한국 청소년 선수들은 아시아 대회를 12번 제패하며 최다 우승국의 지위에 있다. 2019년 U-20 월드컵에서 준우승을 차지했다. 여자 청소년 선수들은 2010년 U-17 월드컵에서 우승했다. 이들의 저력은 어디서 나오는가.

국가대표 경기는 열광하면서 자국 프로리그에는 관심이 없다. 열악한 저변의 청소년·여자축구가 국제무대에서 놀라운 성과를 낸다. 한국축구는 의문투성이다.

한국축구는 역사다

에드워드 카(Edward Hallett Carr)는 그의 저서 『역사란 무엇인가』에서 역사란 역사가와 사실 사이의 지속적인 상호작용 과정이며, 현재와 과거 사이의 끝없는 대화라고 했다. 축구가 이 땅에 전해진 지 꼬박 140년이 지났다. 140년 한국축구의 역사는 우리가 앞서가진 의문에 무어라 답할 것인가.

한국축구의 역사는 개화기에 시작하여 시기적으로 한국 근현대사를 관통한다. 정치, 문화, 사회, 경제, 남북관계,

한일관계 등 모든 영역에서 한국축구가 영향을 끼쳤다. 그래서 누군가는 "한국은 축구다"라고 했고, 또 다른 누군가는 "축구는 한국이다"라고 했다. 말장난처럼 들리지만 그만큼 한국사회에서 축구가 갖는 정치사회적 의미는 매우 크다. 나는 여기에 축구가 갖는 역사적 의미를 더하여 "한국축구는 역사다"라고 말한다.

140년 한국축구 역사를 살피다 보면 일제 강점기 나라 잃은 조선인들의 설움, 가난했던 아버지 세대의 고단함, 서글픈 남북분단의 현실, 일본을 향한 한국인들의 분노, 민주화에 대한 열망과 좌절, 욕심 많은 정권의 민낯을 마주하게 된다. 축구는 한국인들의 설움, 고단함, 서글픔, 분노, 좌절과 고통의 순간을 함께했다. 때로는 희망과 기쁨을 선사해 한국인들을 위로했다. 한국인들에게 축구는 단순히 하나의 스포츠 종목에 그치지 않는다. 그래서 한국축구는 역사다.

대한축구협회는 1986년 『한국축구 백년사』를 편찬하고, 2003년에 증보판으로 『한국축구 100년사』를 발간했다. 기록이 거의 남아있지 않았을 초창기 한국축구 역사자료를 발굴하고, 100년의 짧지 않은 역사를 체계적으로 정리한 협회의 노고에 한국 축구팬의 한사람으로서 감사한 마음을 갖는다. 이 책을 집필하는데도 『한국축구 100년사』가

큰 도움이 되었음을 밝혀둔다.

하지만 2000년대 초반 이후 20여 년간 한국축구 역사 정리작업은 공백으로 남았다. 축구협회는 물론이고, 연구 서적이나 대중 축구 역사서 발간은 2002년 4강신화에 멈춰있다.

그나마 한국축구의 역사를 다룬 서적들은 "축구 국가대표팀"이나 "한국축구 레전드" 등에 초점을 맞춰왔다. 그러다보니 상대적으로 자국리그의 발전과정이나 청소년·여자축구에 대한 관심이 소홀했다.

이 책은 축구의 기원과 축구가 이 땅에 전래하는 과정을 시작으로 올림픽·아시안컵·월드컵 등 굵직한 국제대회 도전사와 남북축구 교류, 한일전, K리그의 역사를 다뤘다. 대중적 관심에서 소외되었던 청소년 축구와 여자축구 역사에 대해서도 서술하였다.

한국축구를 통사(通史)로 다루기에는 범위가 방대하고 능력의 한계에 부딪혀 10개의 주제로 나눴다. 『한국축구 100년사』를 비롯한 선행 연구성과를 참고하였고, 당대 신문기사 등을 1차 사료로 활용했다.

박은식 선생은 『한국통사』에서 나라는 형체와 같고 역사는 정신과 같기 때문에 나라는 허물어지더라도 정신이 존속하면 나라는 다시 세울 수 있다고 했다. 이를 축구에 비유하면 한국축구가 무너지더라도 축구의 정신, 즉 역사가 존속하는 한 축구는 다시 부흥할 수 있다. 이 책이 한국축구 존속에 작게나마 기여하길 염원한다.

1. 신라의 귀족, 공놀이를 하다

_ 오래전 축구의 흔적

다양한 축구 기원설

동그란 공 하나를 여럿이서 쫓는다. 서로 공을 차지하려고 몸싸움을 한다. 공을 발로 차고, 머리로 들이받고, 때로는 손으로 던진다. 웃고 떠든다. 가끔은 소리도 지른다. 어린 아이들에게 공을 던져 주면 볼 수 있는 모습과 다르지 않다. 축구는 원초적인 놀이다. 원초적인 놀이로부터 시작한 축구이기에 정확한 기원을 알기가 쉽지 않다. 그래서 축구의 기원에 대해서는 다양한 의견이 존재한다.

축구가 영국에서 시작되었다는 '영국 기원설'이 가장 일반적인 견해이다. 1042년 덴마크의 지배에서 벗어난 영국인들이 복수의 의미로 덴마크인들의 두개골을 땅에서 꺼내어 발로 차던 행위가 축구의 기원이 되었다고 한다. 영국에서 축구와 관련한 공식 기록은 1314년 에드워드 2세가 공표한 축구 금지령이 처음이었다. 당시 축구는 제대로 규칙이 정해지지 않았던 탓에 사망자와 부상자가 속출하였고, 영국 왕실은 이를 금지시켰다. 이후 1876년까지 영국에서는 모두 42차례에 걸쳐 축구 금지령이 내려졌다.

영국에서 축구가 현대적인 모습을 갖추게 된 것은 19세기 빅토리아 시대에 이르러서이다. 1863년, 영국 축구 지역대표들이 런던에 모여 규칙을 통일하고 공인된 규약과 경기 규칙을 제정했다. 그 결과로 현대적인 축구의 기틀이 마련됐고, 이와 동시에 영국에서 세계 최초로 축구협회(association football)가 탄생하였다. 영국이 축구 종주국으로서의 위상을 차지하게 되는 순간이었다. 현대 축구의 종주국이 영국임은 분명한 사실이지만 이것이 곧 영국에서 축구가 시작되었다는 사실을 의미하지는 않는다. '현대 축구가 시작된 곳'과 '축구가 시작된 곳'은 엄연히 다르기 때문이다.

축구의 기원을 고대 그리스와 로마에서 찾는 '그리스·로마 기원설'도 설득력을 얻고 있다. 고대 그리스에는 자루에 새 털 등을 넣어 발로 차는 놀이가 있었는데 이를 '에피스쿠로스(episkuros)'라고 불렀다. 상세한 규칙은 알 수 없지만 자루를 발로 차는 형태의 놀이였으니 축구와 유사성이 있다고 볼 수 있다.

'에피스쿠로스'가 로마에 전해져 '하르파스툼'라는 이름으로 불렸다. '하르파스툼'은 '에피스쿠로스'와 유사했지만, 주로 발을 사용하는 '에피스쿠로스'에 비하여 손을 사용하는 규칙이 포함되어 있는 것으로 보아 축구보다는 럭비에 가까운 형태의 놀이였을 것으로 보인다. 로마가 영국을 정복했을 당시 '하르파스툼'이 전해져 축구의 원형으로 자리했다는 주장이다.

하르파스툼(harpastum)은 고대 로마에서 행해지던 구기종목의 하나이다.
©wikipedia

다양한 축구 기원설 중에서 '중국 기원설'이 최근 들어 주목을 받고 있다. 우리의 김치, 아리랑, 한복, 갓 마저도 자신들이 원조라고 주장하는 중국 측의 억지스러움에 신

물이 날 지경인데, 축구마저 중국에서 기원했다니 한국인
으로서는 반감이 든다. 하지만 현재 세계 축구계는 '중국
기원설'을 정설로 여긴다.

'중국 기원설'이 본격적으로 등장한 시기는 2000년대 초
반이다. 2004년 7월, 중국 북경에서 <제3회 중국국제축
구박람회>가 개최되었다. 중국 축구협회는 박람회에서 축
구가 중국 치박시 임치구에서 기원했다고 주장했다. 이때
박람회에 당시 제프블래터 국제축구연맹(FIFA) 회장이
참석했는데, 그 역시 축구가 중국에서 기원했다는 중국 측
의 주장에 동의하였다. 나아가 국제축구연맹(FIFA)은 홈
페이지를 통해 '중국 기원설'을 공식적으로 인정하였다.
국제축구연맹은 축구의 발상지(The Gradle of Football)
라는 제목으로 스위스 취리히대 헬무트 브링커 교수의 연
구 성과를 다룬 기사를 홈페이지에 게재하면서 이를 공인
한 것이다.

'중국 기원설'에 따르면 축구는 춘추전국시대 제나라의
수도였던 치박시에서 행해지던 축국(蹴鞠)이 그 기원이며,
이집트, 그리스, 로마, 프랑스를 거쳐 영국으로 전해졌다.
각종 문헌 기록, 지도 자료 등 구체적인 역사 자료들이 이
러한 주장을 뒷받침한다.

물론 반론을 제기하는 입장도 여럿이다. 먼저, 영국의

스태퍼드서 대학의 앨리스캐시모어 교수는 국제축구연맹 (FIFA)의 '중국 기원설' 공인을 상업적인 목적과 연결하여 비판하였다. 국제축구연맹이 거대한 자본과 파급력을 갖춘 중국 시장을 개척하기 위해 근거가 빈약한 중국 기원설을 공인했다는 것이다. 또한 영국의 역사 연구가 톰홀랜드는 어느 지역에서 축구의 형태를 갖춘 행동양식에 관한 기록이 남았다고 이를 기원으로 받아들여서는 안 된다고 주장했다. 이러한 반론에도 불구하고 국제축구연맹 (FIFA)이 '중국 기원설'을 철회한 바가 없기 때문에 여전히 중국의 치박시는 국제축구연맹이 공인한 축구가 기원한 곳이다.

영국, 그리스·로마, 그리고 중국 기원설에 대해 알아보았다. 공 또는 공과 유사한 형태의 물체를 사람들이 발로 차는 행위에 관한 흔적은 세계 각지에 다양한 모습으로 남아있다. 축구의 기원을 어느 한 곳으로 특정하기가 어려운 이유다.

배추나 다른 푸른 채소에 소금을 절여 발효시킨 음식의 형태는 한국에만 있지 않다. 하지만 김치의 종주국을 묻는 질문에는 주저 없이 한국이라 답할 수 있다. 축구의 기원에 대해서는 다양한 견해가 존재하나 축구의 종주국이 영국임은 불변하다.

선조가 남긴 흔적, 축국(蹴鞠)

축구와 유사한 형태의 놀이방식은 예로부터 세계 다양한 지역에서 나타나는 보편적인 행동양식이었다. 우리 선조들도 역사 속에 이와 관련한 흔적을 남겼다. 축국(蹴鞠)과 관련한 문헌기록이 대표적이다.

축국은 앞서 축구의 기원에 관한 '중국 기원설'에서 다룬 바와 같이 중국에서 시작된 축구와 유사한 형태의 놀이였던 것으로 보인다. 축국에 대한 기록은 중국은 물론 우리 역사서에서도 자주 등장한다.

『삼국사기』에 유명한 일화가 소개되어 있다. 다음의 기록을 보자.

> 문무왕(文武王)이 왕위에 올랐다. 이름이 법민(法敏)이고, 태종무열왕의 맏아들이다. 어머니는 김씨 문명왕후(文明王后)로 소판(蘇判) 김서현(金舒玄)의 막내딸이며, 김유신(金庾信)의 여동생이다. 그 언니가 꿈속에서 서형산(西兄山) 정상에 올라 앉아서 오줌을 누니 온 나라에 두루 흘러넘쳤다. 깨어나 동생에게 꿈을 이야기하자, 동생이 장난

으로 말하기를, "내가 언니의 꿈을 사고 싶다"라고 하였다. 그리하여 비단 치마를 주어 꿈 값을 치렀다. 며칠 뒤, 김유신이 춘추공(春秋公)과 함께 축국(蹴鞠)을 하다가 춘추의 옷고름을 밟아 떨어뜨렸다. 김유신이 말하기를, "우리 집이 다행히 가까우니 가서 옷고름을 꿰매도록 합시다"라고 말하였다. 그래서 함께 집으로 갔다.

『삼국사기』 신라본기 문무왕조

『삼국사기』의 기록에서처럼 김유신과 김춘추가 축국을 하다가 김춘추의 옷이 훼손되자 김유신이 자신의 집으로 가도록 유도하고, 일부러 자신의 여동생인 문희를 방에 들여보내 그의 옷을 수선하도록 하여 둘 사이를 이어줬다.

김유신이 자신의 정치적 입지를 강화하고자 동생과 김춘추가 혼인하도록 꾀를 부린 것이다. 김유신의 정치적 의도와는 별개로 김유신과 김춘추가 축국을 했다는 사실이 눈길을 끈다.

우리는 여기서 두 가지를 짐작할 수 있다. 먼저 축국은 참여하는 상대의 옷고름을 밟아 떨어뜨릴 정도로 매우 활동적이고 과격한 놀이였다는 것이다. 또한 축국은 당시 왕족, 귀족이 즐기던 놀이였다. 다만, 축국이 평민 내지는 신분이 미천한 계층도 널리 즐겼던 놀이였는지, 당시 왕족이나 귀족의 특권층만의 놀이였는지는 위의 일화만으로는 알기가 어렵다.

우리 역사 속에서 축국은 『삼국사기』뿐만 아니라, 『삼국유사』, 『고려사』, 『악학궤범』, 『동국이상국집』, 『조선왕조실록』, 『무예도보통지』 등 다양한 문헌에서 농주, 기구 등 다양한 명칭으로 불리며 삼국시대로부터 조선시대에 이르기까지 줄곧 등장해왔다.

놀이, 풍습은 시간이 흐름에 따라 그 모습이 변하기 마련이다. 축국도 시대에 따라 다른 양상을 보였다. 영산대학교 박귀순 교수의 연구에 따르면, 통일신라시대 이전에는 놀이와 풍습에 가까웠던 축국은 고려시대에 들어 놀이, 시연, 궁중무용 등의 형태를 보였다. 조선에 이르러서는 놀이, 세시풍속으로 이뤄졌으며 체력단련 및 군사훈련의 목적으로 행해졌다. 이처럼 축국은 다양한 모습과 형태로 우리 역사와 함께 해왔다.

2. 제물포에서 축구하는 영국인들

_ 축구는 언제, 어떻게 전해졌나

축구는 어디서 왔나

우리 역사 속에도 축구와 유사하게 발로 공을 차며 즐기는 놀이가 시대에 따라 축국(蹴鞠)을 비롯한 다양한 이름과 형태로 존재해왔다. 하지만 이는 엄밀히 말해 '축국' 또는 '축구와 유사한 놀이'의 역사이지 '축구'의 역사가 아니다. 기원에 관해서는 다양한 견해가 있지만, 근대 축구의 역사는 19세기 영국에서 시작됐다. 따라서 우리 축구의 역사는 영국에서 시작된 근대식 축구가 이 땅에 전래한 이후부터 시작되었다고 볼 수 있다.

서양식 근대 축구는 누가, 언제 한국에 전해졌을까? 축구와 더불어 대표적인 구기종목으로서 세계적인 인기를 얻고 있는 야구와 농구의 사례부터 살펴보자.

먼저 야구는 1905년, 미국인 선교사 필립 질레트(Pillip Gillet)에 의해 한국에 처음 소개되었다. 그가 YMCA 개척

간사로 1901년에 조선에 들어와 1903년 황성기독교청년 회를 설립하고, 1905년에 회원들에게 야구를 가르친 것이 한국 야구의 시작이었다. 이어 그는 1907년에 농구 역시 한국에 전파하였다. 필립 질레트가 '한국 근대체육의 아버 지'라 불리는 이유다.

살펴본 바와 같이 야구와 농구를 한국에 처음으로 소개 한 인물과 그 시기에 대해서는 정확한 기록이 남아있다. 하지만 축구의 전래 시기와 관련해서는 아쉽게도 기록을 찾을 수가 없다.

대한축구협회는 1986년 『한국축구 100년사』를 발간하 며 한국의 근대적 축구 도입이 1882년, 인천에 입항한 영 국의 플라잉피시(Flying Fish)호 선원들에 의해 이뤄졌다 는 견해를 공식화하였다. 당시 인천에 입항했던 플라잉 피 시호 선원들이 지루함을 달래기 위해 제물포 부두에서 공 을 찼는데 이것이 근대축구가 한국에 처음 소개되는 계기 였다고 한다.

'플라잉피시호 전래설'은 문헌기록이 아니라 사람들 사 이에서 전해지는 이야기를 근거로 한다. 이야기를 전해준 사람은 1900년대에 영국에서 유학하며 축구를 접하고, 귀 국 후 한국의 첫 심판이 되었던 인물인 서병희 씨이다. 그 는 당시 관찰사로 재직하던 아버지에게 이와 관련한 애기를 직접 들었다고 했다.

그에 따르면 1882년 6월 인천 제물포에 영국 군함 플라잉피시호가 입항하였는데, 관가의 허가 없이 상륙해서 공을 차다가 군졸들에게 쫓겨나게 되었고, 이때 승무원들이 두고 간 공을 아이들이 주워 그들을 흉내 내며 공을 찼는데 이것이 바로 근대식 서양 축구가 우리나라에 도입된 시초였다는 것이다. 이에 관한 직접적인 기록이 전해지지 않지만, 구술사적 사료에 의존한 플라잉피시호 전래설은 이후 한국 축구계에서 정설로 자리하게 되었다.

그런데 2013년 제주대학교 박경호 교수는 '플라잉피시호 전래설'에 관한 의미 있는 연구성과를 내놓았다. 플라잉피시호가 영국 군함으로 전해진다는 사실에 착안하여 영국 해군사령부에 직접 관련 자료를 요청한 것이다.

영국 해군사령부는 다음과 같은 사항을 확인해주었다. 플라잉피시호는 군함이 아니라 측량선이었고, 1882년 해안 조사를 목적으로 한국을 방문했다는 사실과 당시 플라잉피시호 선원들이 이 지역에 축구를 전해 준 사실을 명확하게 기록하고 있다는 점이다. 이로써 그동안 구술적 사료에 의존하던 플라잉피시호 전래설은 정확한 기록을 통해 그 진위여부를 확인할 수 있게 되었다.

플라잉피시호 선원들은 제물포 부두에서 공을 차다가

관원들에게 의해 쫓겨났지만 그로부터 1개월 후 한국을 방문한 영국의 군함 엥가운드호는 사정이 달랐다. 엥가운드호는 인천 제물포로 입항하여 한성(서울) 방문을 요청했고, 옛 동대문운동장 근처에 있던 훈련원 공터에서 축구를 했다. 이때 많은 사람들이 몰려 이들이 축구하는 모습을 구경했다고 한다. 우연한 기회로 플라잉피시호 선원들에 의해 처음으로 한국에 알려졌던 영국식 근대 축구는 그로부터 1개월 후 엥가드호 선원들을 통해 제대로 된 모습을 한국인들에게 선보이게 되었다.

플라잉피시호, 엥가드호는 모두 영국 국적의 측량선 또는 군함이다. 이들 선원들에 의해 영국식 근대 축구가 한국에 전해졌다면 우리는 다른 나라를 거치지 않고 영국 본토로부터 축구를 직수입한 셈이다.

영국이 한국에 축구를 전파한 것은 애초 의도한 행위의 결과일까, 아니면 우연에 의한 것일까? 이에 대한 해답을 얻기 위해선 영국 근대식 축구가 세계화되는 과정을 살펴볼 필요가 있다.

19세기 영국은 제국주의적 팽창 과정에서 자국의 스포츠 문화를 식민지에 보급하면서 문화적인 영역에서도 자신들의 영향력을 확대하고자 하였다. 하지만 영국이 문화 제국주의적 정책의 일환으로 보급하고자 했던 종목은 크리켓, 럭비, 테니스 등과 종목이었지 축구가 아니었다. 당시 영국에서 축구는 노동계급들의 스포츠라는 인식이 강했기 때문에 지배계층의 관심 밖에 있었다. 따라서 영국 축구의 세계화는 정책적으로 이뤄진 게 아니었다.

영국 축구의 세계화는 상업에 종사하는 상인들이나 기술 인력, 군인들이 주도했다. 프랑스, 덴마크, 벨기에 등의 유럽지역은 영국의 철도 건설업자들에 의해서, 라틴아메리카의 경우도 철도나 광산 업자들에 의해 축구가 전파되었다. 한국에 처음으로 축구를 전파한 것으로 알려진 영국 플라잉피시호나 엥가드호의 선원들 역시 측량선의 측량기사, 군인들이었다.

영국의 상인, 기술 인력은 제국주의가 확대되는 19세기 말 세계 곳곳을 누비면서 가는 곳마다 축구를 즐겼고, 자연스럽게 그 지역에 축구를 전파하였다. 영국으로부터 한국으로의 축구 전파는 영국이 정책적으로 의도한 결과가 아니라 영국 축구의 세계화 과정 속에서 보편적으로 나타난 하나의 역사적 현상이었다.

조금씩 뿌리내리는 한국 축구

1882년 영국으로부터 도입된 축구는 외국인 선교사와

외국어학교의 교사들에 의해 널리 전파되기 시작했다. 특히, 이 당시 선교사들은 한국인들과 정서적 유대감을 형성하기 위해 한국식 이름을 갖기도 하고, 여러모로 한국 사회와 문화를 이해하고자 애썼다. 그들에게 축구는 한국인들과 문화적 이질감을 해소하고, 신체활동을 통해 자연스레 서로가 소통할 수 있는 최적의 놀이였다.

플라잉피시호가 다녀간 이후 한국에서 축구에 관한 첫 번째 기록은 1896년에 등장한다. 서재필 박사가 창간한 <독립신문>에는 다음과 같은 기사가 있다.

영어학교 학도들은 근일에 발공차는 법을 배화(배워) 오후면 운동장에서 공을 치는데 다름질하는게며 성벽 내는게며 활발한 거동이 일본 아해들(아이들) 보다는 백배가 낫고 미국 영국 아해들(아이들)과 비슈름 한지라 이런거슬 보거드면 조선 사람도 인도만 잘 하거드면 세계에 남만 못하지 않을 인종이요 결탄코 일본 사람 보다는 낫게 될 듯 하더라 　　　　　　　　<독립신문> 1896년 12월 3일

어느 영어학교 학생들이 언제, 어디서 공을 차는지 상세하게 밝히고 있지는 않지만, 영어학교의 학생들이 축구를 배워서 오후시간 마다 운동장에서 축구를 한다고 적고 있

다. <독립신문>답게 조선인들의 민족적 자긍심을 고취하기 위해 축구하는 조선 학생들의 실력이 미국, 영국 학생들과는 비슷한 수준이지만 일본 학생들에 비해서는 월등하게 낫다고 주장하는 점이 흥미롭다.

위의 영어학교 사례에서 보듯이 개화기의 축구는 학교 중심으로 확산하였다. 고종(高宗)은 1895년, 교육을 통해 부강한 나라를 세우겠다는 의지를 표명한 교육조서를 발표했는데, 덕양·체양·지양을 중요한 덕목으로 강조하였다. 이에 유교사상의 영향으로 그간 부정적인 인식이 강했던 체육활동이 이제는 어엿한 교육의 영역으로 자리하게 되었다. 교육조서 발표 이후 학교 건립이 이뤄지고, 각 학교는 체육을 교과에 포함하였다.

기록에 따르면 최초의 학교 축구반은 1902년 배재학당에서 편성되었다. 배재학당은 1885년 미국인 선교사 아펜젤러에 의해 설립되었는데, 오늘날의 배재중·고·대학교의 전신이다. 이밖에도 오늘날의 경신중·고등학교의 전신인 경신학교, 휘문고등학교의 전신인 휘문의숙 등의 학교가 축구 교육활동의 중심이 되었다.

이 당시의 축구는 일정한 규칙이 정해지지 않았고, 시설도 제대로 갖추지 않았다. 축구 골대의 높이는 골키퍼의 키를 기준으로 삼았고, 운동장은 일정한 규격 없이 공터

전체를 사용했다. 공은 소나 돼지의 오줌보를 활용했고, 정해놓은 경기시간도 없었다. 유니폼이나 축구화가 있을 리가 만무했다.

학교 교육을 통해 축구를 접한 학생들이 졸업하고 사회로 진출함에 따라 축구 역시 학교 울타리를 벗어나 일반인들에게도 확산되었다. 동시에 크고 작은 축구팀들과 단체들이 조직되었는데, 동호회 또는 동아리를 뜻하는 클럽(club)의 일본식 표현인 '구락부'를 팀명이나 단체명에 많이 붙였다. 대한체육구락부가 대표적이다.

대한체육구락부는 1906년에 조직되었는데, 대한축구협회는 이를 우리나라 축구팀의 효시라고 본다. 대한체육구락부가 축구경기를 가질 때면 열띤 응원전을 펼쳤는데, 우리나라 최초의 축구응원가 역시 이때 만들어졌다. 특히, 1905년 대한체육구락부가 황성기독교청년회와 펼친 축구시합은 우리나라 최초의 공개 축구경기로 알려졌다.

이밖에도 건강구락부, 불교축구단, 무오축구단 등이 이 시기에 창설되어 활약했는데, 특히 서울을 중심으로 한 불교축구단과 평양을 본거지로 한 무오축구단은 서로 간에 라이벌 구도를 형성하며 훗날 경평축구대항전을 개최하는 계기를 만들었다.

전조선 축구대회

1910년, 치욕적인 한일합방조약으로 한반도는 조선총독부에 의해 통치되는 이른바 일제 강점기에 들어선다. 정치, 사회, 문화 모든 면에서 일제의 간섭과 탄압이 시작되었다. 영국으로부터 도입된 이후 점차 뿌리를 내리고 자생하며 내재적으로 발전해오던 한국 축구 역시 일제의 억압으로부터 자유로울 수 없었다.

일제 통치 하에서 겨우 명맥을 이어오던 한국 축구는 1919년 3·1운동을 계기로 다시 기지개를 켤 수 있게 되었다. 일제는 3·1 운동을 통해 군사, 경찰에 의한 무단통치 방식은 조선의 저항을 불러온다고 여기고, 조선의 전통과 문화를 존중하는 이른바 문화통치를 시작한다. 이는 조선인들을 회유하고, 나아가 우리 민족을 분열시키기 위한 일종의 회유책이자 기만책이었다.

일제의 문화통치로 인해 집회·결사의 자유가 제한적으로나마 허용됨에 따라 각 지역의 청년회 등 여러 체육단체가 결성됐다. 1920년 7월에 설립된 조선체육회가 대표적이다.

조선체육회는 우리나라에 축구협회가 등장하기 전까지 축구 전반을 관장하는 가장 권위 있는 기관이었다. 조선체육회는 1921년 2월, 서울에서 제1회 전조선 축구대회를 개최했다.

대회 개최시기가 눈길을 끈다. 조선체육회가 설립된 지 7개월 만에 전국규모의 대회를 열었다. 더구나 하필 평균 기온이 0~1℃에 머무는 추운 계절, 2월에 말이다. 일제의 무단통치 시기를 지나온 한국인들의 축구에 대한 관심과 열망을 엿볼 수 있는 대목이다. 대회는 2월 11일부터 13일까지 사흘간 진행되었다. 2월 13일이 정월 대보름이어서 많은 관중을 모을 수 있으리라는 기대도 있었다.

조선체육회는 일본 아사히신문사가 발행한 운동연감에 실린 축구 규칙을 번역하여 대회에 사용했는데, 이로써 제1회 전조선 축구대회는 우리 역사상 처음으로 정식 축구 경기규칙을 적용한 대회였다.

대회는 모두 18개 팀이 참가하여, 배재고보(오늘날 배재학당 역사박물관), 경성중학(오늘날 서울고등학교의 전신), 휘문고보(오늘날 휘문고의 전신) 운동장 등지에서 많은 관중들이 자리한 가운데 열렸다. 하지만 의욕이 앞선 탓이었을까. 심판 판정에 불만을 품은 참가팀들의 연이은 기권으로 대회는 우승팀도 가리지 못한 채 파행으로 끝나고 말았다.

조선체육회는 이후 경기 및 심판 규정 등 대회 운영을

거듭 정비하여, 1937년 제18회 대회에 이르기까지 한 해도 거르지 않고 전조선 축구대회를 개최하였다. 하지만 1937년 중일전쟁의 발발로 거세진 일제의 탄압에 의해 1938년 조선체육회가 해체됨에 따라 전조선 축구대회는 역사 속으로 사라진다.

전조선 축구대회는 우리 역사상 최초로 정식 축구규칙이 적용된 대회이자, 최초의 전국 규모의 축구대회이다. 축구협회가 창립된 이후로 '전조선종합축구선수권대회'라는 명칭으로 부활하게 되고, 이는 전국축구선수권대회 (1946~2000)와 오늘날 FA컵 대회의 모체가 되었다.

심판협회, 축구협회의 등장

제1회 전조선 축구대회는 참가팀들의 심판 판정에 대한 불복행위로 인해 파행으로 종료했다. 정식 축구경기규칙을 처음으로 적용한 대회였으니 당시 심판들에게 전문성과 역량을 기대할 수 없었다.

이 대회에 심판으로 참여했던 서병희 씨 등이 주축이 되어 1928년 5월에 축구심판협회를 설립하였다. 협회의 정식 명칭은 '조선아식축구심판협회'였다.

'아식'이란 'association式'의 줄임말로 영국 축구협회의 규칙을 따르는 경기를 뜻한다. 즉, '아식축구'는 럭비나 이와 유사한 종목이 아닌 오늘날 우리가 말하는 '축구'와 동일한 의미를 지닌 말이다.

조선아식축구심판협회는 축구협회보다도 먼저 조직되어 활동한 우리나라 최초의 전국적인 축구 조직체이다. 전조선 축구대회를 비롯한 각종 축구대회의 심판 운영을 도맡았고, 축구 경기력 향상과 규칙 제정 등 한국축구 발전에 기여했다.

조선아식축구심판협회 일부 회원들과 일본 유학을 경험한 축구인들이 조직화된 축구 기구 설립이 필요하다는 뜻을 모아 1933년 9월 조선축구협회가 발족하였다. 영국의 축구가 이 땅에 전해진지 51년 만의 일이었다.

조선축구협회는 조선체육회가 일제의 탄압에 의해 해체한 이후로 중단되었던 전조선 축구대회를 1938년 11월에 전조선 종합축구선수권대회라는 이름으로 부활시켰다. 그리하여 대회 정식 명칭을 '제19회 전조선 종합축구선수'라고 부르며, 이 대회가 제18회에서 중단되었던 전조선 축구대회의 정통성을 이었다는 점을 강조했다.

하지만 전조선 종합축구선수권대회는 재개한지 3년 만인 1940년에 제21회 대회를 끝으로 다시 역사 속으로 사라졌다. 태평양전쟁을 일으킨 일제의 체육 군사화 경향이 두드러지면서 경기 중심이었던 체육교육이 교련과 집단적 육체 단련 위주로 바뀌었고, 이에 따라 축구를 비롯한 구기종목 활동이 통제되었기 때문이다.

조선축구협회는 해방 후 1948년 '대한축구협회'로 그 명칭을 바꾸고, 오늘날까지 한국 축구 행정을 총괄하는 기구로서 축구 보급과 선수 및 지도자 양성, 각종 대회 개최 및 참가 등 한국축구 발전을 주도하고 있다.

3. 런던에 나타난 각시탈

_ 올림픽 도전史

김용식

1896년 그리스 아테네에서 근대 올림픽이 처음으로 개최되었다. 이때 축구는 올림픽 종목이 아니었다. 축구는 그 다음 올림픽인 제2회 파리 올림픽부터 대회 종목으로 등장했고, 1908년 제4회 런던 올림픽에서 정식 종목으로 채택되었다.

축구종목으로 올림픽 무대를 처음 밟은 한국인은 김용식 선수이다. 하지만 올림픽 무대에 선 그의 가슴에는 태극기가 아니라 일장기가 붙어있었다.

'한국축구의 대부', '한국축구의 아버지'라고 불리는 김용식은 한국축구 역사에 있어서 빼놓을 수 없는 인물이다. 1910년 황해도 신천에서 김익두 목사의 셋째 아들로 태어난 그는 경신중학교에 입학하면서부터 본격적으로 축구를 시작했다.

김용식은 1931년 보성전문학교(오늘날 고려대학교의 전신)에 입학해 선수생활을 하던 중 1933년 경평전에서 크게 활약하고, 1935년 경성축구단의 일원으로 일본에서 열린 제1회 전(全)일본축구선수권대회에서 우승했다. 같은 해 일본에서 열린 메이지신궁경기대회 우승에도 기여한 그는 일본 축구협회의 눈에 들어 일본국가대표로 선발되어 1936년 베를린올림픽에 출전하였다.

1936년 베를린올림픽에서 역주하는 손기정 선수 ©wikipedia

베를린 올림픽 일본 축구대표팀에 선발된 한국인은 김
용식 선수뿐만이 아니었다. 김용근 선수 역시 일본 대표팀
에 선발됐는데, 그는 한국인을 차별한 일본인 코치에 대항
하여 올림픽 출전을 거부했다고 전해진다.

베를린 올림픽에는 축구 종목 외에도 여럿 한국인 선수
들이 일본대표팀 소속으로 참가하였다. 이중에서도 가장
잘 알려진 인물이 마라톤에서 각각 금메달과 동메달을 획
득한 손기정, 남승룡 선수이다.

이밖에도 농구 종목에 이성구, 장이진, 염은현 선수가,
복싱 종목에 이규환 등 모두 7명의 선수가 태극기가 아닌
일장기를 달고 나라 잃은 설움을 안은 채 베를린 올림픽
에 출전하였다.

김용식 선수의 경우와 같이 식민지 출신으로 침략국의
국가대표로서 활약한 대표적인 인물이 포르투갈의 '흑표
범', 에우제비오 선수이다.

에우제비오는 1942년 아프리카 동남부의 모잠비크에서
태어났다. 모잠비크는 1975년 독립할 때까지 포르투갈의
식민지배를 받았다. 벤피카에서 활약하던 그는 포르투갈
국가대표에 선발되어 1966년 잉글랜드 월드컵에 참가하
였다.

당시 포르투갈은 유럽에서 약팀의 하나로 분류되어 왔

는데, 에우제비오의 등장과 함께 강팀으로 변모하였다. 에우제비오는 8강전에서 북한을 만나 0:3으로 지고 있던 상황에서 4골을 몰아넣으며 5:3 역전승을 이끄는 맹활약을 하였다. 그는 이 대회에서 골든슈를 수상하며 화려하게 국제무대에 등장하였다.

김용식은 에우제비오 만큼 국제무대에서 두드러진 활약을 펼치지는 않았지만 1948년 독립된 조국의 대표선수로서 런던올림픽에 출전했고, 철저한 자기관리를 통해 40대 초반까지 현역으로 활동했다. 선수 은퇴 후에는 지도자로서 국가대표팀과 할렐루야의 감독을 역임하며 후배양성에 힘썼다.

축구협회는 2005년 한국축구발전에 이바지한 인물 7인을 선정하고 축구명예의 전당에 헌정했는데, 김용식은 차범근, 이회택 등과 함께 선수부분에 선정되었다. 한편 그는 2016년에 일본축구협회의 추천으로 일본축구 명예의 전당에 헌액되기도 하였다.

12:0

한국은 1945년 8월, 일본의 패망으로 식민통치에서 벗어났지만 제2차 세계대전 연합국이었던 미국, 소련의 군

정통치를 받았다. 미 군정청으로부터 1948년 런던 올림픽 출전 협조를 약속받은 축구협회는 사상 첫 올림픽 대회 출전을 준비하기 시작한다.

국제축구연맹(FIFA)은 1904년, 세계 각 지역 간의 경기를 조정하고 감독할 기구가 필요하다는 뜻을 모아 프랑스를 비롯한 유럽 7개국이 파리에서 조직되었다. 당시 올림픽의 모든 경기는 종목별 연맹에서 운영을 맡고 있었기 때문에 올림픽 출전은 물론이고, 다른 국제대회 참가를 위해서도 국제축구연맹 가입이 필요했다. 이에 축구협회는 1948년 5월, 국제축구연맹에 정식으로 가입했다.

축구협회는 1936년 베를린 올림픽에 출전했던 김용식을 포함하여 16명의 선수를 선발했다. 하지만 감독으로 내정됐던 박정휘 씨가 건강상의 문제로 런던행에 합류하지 못하고, 협회는 이영민 씨를 임시감독으로 정했다.

이영민 감독은 바로 '타격왕 이영민'으로 알려진 야구선수 출신이다. 1905년 대구에서 태어난 그는 1919년 대구 계성중학교에 입학하면서부터 야구는 물론이고 축구, 육상 부문에서도 두각을 나타냈다. 고교 야구 대회에서 우수한 타격을 기록한 선수에게 수여하는 '이영민 타격상'의 주인공이다. 고교 시절 축구선수로서 제5회 전조선 축구대회 등에 참가했던 이력이 있지만, 야구가 주종목이었던 그였기에 아무리 임시감독이라 할지라도 올림픽 감독직 수행은 다소 의아스런 면이 있다.

대표팀 선발 이후 제대로 된 훈련조차 갖지 못하고, 중간에 감독이 바뀌는 등 어수선한 분위기 속에서 올림픽 축구대표팀은 다른 종목 선수들과 함께 런던으로의 여정에 나섰다.

1948년 런던 올림픽은 제2차 세계대전의 영향으로 1936년 베를린올림픽 이후 12년 만에 열렸다. 아직 정부 수립도 하지 못한 채 미(美)군정의 통치를 받고 있던 한국은 사실상 독립국의 지위를 인정받아 손기정 선수를 기수로 하여 태극기를 앞세우고 46명의 선수 및 임원들을 개막식에 참석시켰다. 올림픽 무대에서 한국이 처음으로 등장하는 순간이었다.

런던 올림픽에서 축구 종목은 조별 예선 없이 16개팀이 단판 토너먼트 경기 방식으로 진행되었다. 한국은 토너먼트 1회전 경기에서 멕시코를 상대했다. 최성곤 선수의 선취골을 시작으로 전반전을 2:1로 앞서나간 한국은 후반전 들어 3골을 더 넣어 올림픽 축구 첫 경기를 5:3으로 승리했다.

올림픽에서 한국과 멕시코의 인연은 최근 2020년 도쿄 올림픽까지 이어졌다. 한국은 역대 올림픽에서 멕시코와 모두 5차례 대결했는데, 3승2무로 패배한 적이 없었다. 하지만 2021년 7월, 2020년 도쿄 올림픽 8강전에서 3:6으로 패배하면서 아쉽게도 올림픽에서의 멕시코 상대전적 무패기록은 마감되고 말았다.

토너먼트 1회전에서 멕시코에 승리한 한국의 다음 상대는 이 대회에서 금메달을 차지한 우승팀 스웨덴이었다. 한국은 스웨덴을 상대로 전반전에 4골, 후반전에 8골을 허용하면서 단 한골도 넣지 못하고 12:0으로 완패하고 말았다. 12:0의 스코어는 한국 축구 역사상 모든 국제경기를 통틀어 최다 점수차 패배로 기록된다.

대한축구협회에서 발간한 『한국축구 100년사』에 실린 당시 한국팀 골키퍼였던 홍덕영 씨의 증언에 따르면, 스웨덴이 시도한 슈팅은 50개에 가까웠다고 한다. 경기가 열린 날에는 비가 내렸는데, 당시 축구공은 두꺼운 가죽공이어서 골키퍼가 비를 잔뜩 머문 무거운 공을 온몸으로 막아내느라 무척 애를 먹었다.

당시는 단 한 개의 공으로 경기를 진행했기 때문에 라인 밖으로 벗어난 공을 볼보이가 가져오는 지체시간이 지금보다 길었다. 이에 골키퍼 홍덕영은 스웨덴이 공격하는 시간을 조금이나마 줄여보고자 의도적으로 관중석 쪽으로 공을 차내기도 했다.

이 경기에서 크게 활약하며 4골을 기록한 스웨덴의 군나르 노르달(Gunnar Nordahl) 선수는 대회 득점왕을 차지했다. 올림픽에서 스웨덴의 우승을 이끌었던 노르달은 대회가 끝나고 이탈리아의 명문 AC밀란으로 이적하여 세리에A에서 득점왕 5회, 통산 225골을 기록하며 스웨덴의 전설로 남게 되었다.

한국의 첫 번째 올림픽 출전은 토너먼트 2회전에서의 패배를 끝으로 막을 내리고 말았다. 한국은 1940대에 들어 일제의 태평양전쟁 발발과 해방정국의 어수선한 시대적 분위기 속에서 10여 년에 걸친 축구 공백기를 가졌지만 처음 출전한 올림픽에서 멕시코를 상대로 승리하는 등 의미있는 성과를 거뒀다.

암흑기

1948년 런던 올림픽 대회 이후 한국 올림픽 축구 역사는 암흑기를 겪었다. 런던 올림픽 바로 다음 대회인 1952년 헬싱키 올림픽은 한국전쟁이 한창이던 시기에 열렸다. 축구협회는 헬싱키 올림픽에 출전하기 위해 전쟁 중임에도 올림픽 선발전을 치렀다. 하지만 상대적으로 많은 비용이 들 수밖에 없는 종목 특성상 축구, 농구 등 구기 종목은 제외하고 일부 개인 종목에만 선수들을 출전시키기로 정부 방침이 정해졌다.

결국 한국은 헬싱키 올림픽에 축구 등 구기종목을 제외하고 레슬링, 복싱 등 6개 종목에 21명의 선수를 출전시켰다. 복싱의 강준호와 역도의 김성집이 각각 동메달을 획득하여 전쟁 중이던 국민들에게 희망을 선물했다.

1956년 멜버른 올림픽은 처음으로 지역별 예선이 도입됐다. 한국은 출전권을 놓고 일본과 경쟁했다. 지역예선은 홈앤드어웨이 방식이 대회 규정이었으나 이승만 대통령이 결코 일본선수들의 입국을 허용할 수 없다고 해서 예선경기 1·2차전을 모두 일본에서 치렀다. 한국은 1차전에서 0:2로 패했지만 2차전에서 2:0으로 승리하여 일본과 동률을 이뤘다. 당시 대회규정에 따라 추첨으로 진출팀을 정했고, 일본이 추첨권을 따냄으로써 아쉽게도 한국은 올림픽 진출이 좌절되었다.

비록 축구 종목은 참가하지 못했지만 한국은 농구, 레슬링 등 7개 종목 35명의 선수가 멜버른 올림픽에 참가했다. 권투에서 송순천 선수가 한국 올림픽 역사상 최초로 은메달을 획득했다. 송순천 선수는 독일 선수를 맞아 압도적인 경기를 펼치고도 석연치 않은 판정패를 당했다. 역도 종목에서는 김창희 선수가 동메달을 획득했다.

한국축구의 올림픽 도전은 1960년 로마 올림픽에도 이어졌다. 축구협회는 올림픽 지역예선전 준비위원회까지 구성하는 등 올림픽 출전권을 획득하기 위해 만반의 준비를 하였다. 1차 예선에서 일본을 꺾은 한국의 2차 예선 상대는 대만이었다.

대만과의 예선전은 홈앤드어웨이 방식으로 진행하는데 1차전은 4월 25일 대만의 타이베이에서, 2차전은 4월 30일 서울에서 치르기로 하였다. 하지만 대만과의 예선전을 앞둔 4월 19일, 한국에서 학생과 시민들이 중심이 되어 이승만 독재정권에 저항하는 4·19 혁명이 일어났다.

한국에서 예선전을 치를 수 없게 되자 대만과의 예선 1·2차전은 모두 대만의 타이베이에서 치러야했다. 1차전은 2:1로 한국이 승리했다. 그런데 2차전에서 주심의 판정에 불만을 항의하던 한국 선수가 심판을 폭행하는 사건이 발생하였다. 경기는 중단되고 국제축구연맹(FIFA)은 한국을 실격처리하면서 올림픽 출전은 또다시 좌절되고 말았다.

한국은 로마 올림픽에 레슬링, 복싱을 비롯한 9개 종목 36명의 선수가 참가했다. 하지만 어수선한 국내정치 상황 탓이었는지 선수단은 단 한 개의 메달도 획득하지 못하고 귀국했다.

1948년 런던 대회 이후 3회 연속 올림픽 출전을 하지 못했던 한국은 16년만인 1964년 도쿄 올림픽에 출전했다. 한국은 일본과의 국교가 정상화되지 않았던 외교적 상황, 북한의 참가 결정으로 인해 성적에 대한 부담 등으로 도쿄 올림픽에 많은 공을 들일 수밖에 없었다. 역대 최대 규모인 16개 종목 165명의 선수를 출전시킨 것도 그 때문이었다.

한국축구가 3회 연속으로 올림픽 출전을 하지 못하는 동안에 대회 규정이 크게 바뀌었는데, 가장 큰 변화는 1960년 로마 올림픽부터 조별리그-본선토너먼트 형식을 갖추게 된 점이다. 1956년 멜버른 올림픽까지는 완전 토너먼트제로 대회가 운영되었기 때문에 약팀도 대진운에 기대어 이변의 주인공이 될 수 있었지만 1960년 대회부터는 어렵게 되었다.

한국은 체코슬로바키아, 브라질, 아랍공화국과 같은 조가 되었다. 첫 번째 경기에서 체코슬로바키아를 맞아 6:1로 대패하였고, 두 번째 경기에서는 브라질에게 4:0으로 패하였다. 브라질은 말할 것도 없고, 체코슬로바키아는 이 대회에서 은메달을 차지한 강호였다. 무기력하게 큰 점수 차이로 패하기는 했지만 객관적인 전력을 고려할 때 납득할 수 있는 결과였다.

하지만 한국을 충격에 빠뜨린 것은 세 번째 상대였던 아랍연합공화국과의 경기결과였다. 한국은 아랍연합공화국을 맞아 전반전에 3골, 후반전에 내리 7골을 허용하며 10:0으로 패하고 말았다.

아랍연합공화국은 1958년부터 1971년까지 존재하였던 오늘날 이집트와 시리아의 연합국가이다. 당시 아랍연합공화국은 1959년 아프리카 네이션스컵 대회에서 우승하는 등 아프리카 지역에서 강호로 군림하고 있었다. 연합공화국 해체 후 이집트는 이 대회를 통산 7회 우승한 아프리카 네이션스컵 최다우승국이다.

한국은 16년 만에 출전한 올림픽 대회에서 유럽, 남미, 아프리카 등 각 대륙 최강팀들을 상대하며 높은 세계의 벽을 실감하고 쓸쓸한 귀국길에 올라야했다.

한국 올림픽 축구대표팀에게는 더 큰 시련과 기나긴 암흑기가 기다리고 있었다. 이후 1968년 멕시코 올림픽을 시작으로 1984년 LA 올림픽에 이르기까지 무려 20년간에 걸쳐 5회 연속으로 올림픽 출전권을 따내지 못했다.

1968년 멕시코 올림픽 지역예선에서 한국은 3전3승을 기록하며 순항하고 있었다. 예선 4차전에서 만난 상대는 올림픽 진출권을 두고 경쟁하던 숙적 일본. 한국과 일본은 3:3으로 무승부를 기록했고, 각각 1경기씩만 남겨두고 있었다. 남은 경기결과에 따라서 올림픽 진출권이 결정되는 상황이었다. 한국과 일본은 각각 필리핀과 베트남을 상대하여 두 팀 모두 승리를 거뒀지만 한국이 골 득실차에서 뒤지면서 일본에게 올림픽 진출권을 내주고 말았다.

한국을 제치고 올림픽에 진출한 일본은 이 대회에서 아르헨티나를 비롯한 세계 강호들을 줄줄이 격파하고, 아시아 국가 최초로 동메달을 획득했다. 더구나 가마모토 선수가 대회 중 해트트릭을 기록하는가 하면, 대회 기간 모두 7골을 득점하며 대회 단독 득점왕에 오르는 기염을 토하기도 했다. 이를 지켜보는 한국 축구팬들의 심정은 더욱 씁쓸했으리라.

한국이 암흑기를 보내는 동안 일본이 올림픽이라는 큰 무대에서 좋은 성적을 낸 것은 축구에 대한 과감한 투자가 원동력이 됐다. 특히 유럽 선진축구를 도입하여 축구발전을 꾀하였는데, 이에 기여한 인물이 '일본 축구의 아버지'라고 불리는 독일 출신의 데트마어 크라머(Dettmar Cramer)이다.

크라머는 독일에서 '축구 교수'로 불릴 만큼 축구에 관해 박학했던 인물로 1964년에 일본 올림픽 대표팀 감독으로 선임되어 꼼꼼하고 세밀한 전력분석과 맞춤형 선수지도를 통해서 팀을 강팀으로 변화시켰다. 한국과도 인연이 깊은데, 1991년에 한국 올림픽 대표팀 감독으로 선임되어 1992년 바르셀로나 올림픽 본선진출을 이끌기도 했다.

1972년 뮌헨 올림픽 아시아 지역예선에서는 말레이시아가 다크호스로 등장했다. 한국은 3만 관중이 운집한 서울운동장(동대문운동장)에서 말레이시아와 격돌했다. 당시경기장에 비가 내리고 있었고, 경기장은 진흙투성이였다. 한국은 이회택, 김호 선수 등이 분투했지만 전통적으로 수중전에 강한 면모를 보이는 동남아국가인 말레이시아에 1:0으로 패했다.

아시아 지역예선에서 한국과 일본을 따돌리고 올림픽진출에 성공한 말레이시아는 본선에서 미국을 3:0으로 격파하는 등 선전했지만 조별리그 1승 2패의 성적으로 탈락했다. 뮌헨 올림픽은 말레이시아가 본선에 진출한 유일한올림픽 대회였다.

1976년 몬트리올 올림픽 예선에서 한국의 발목을 잡은건 이스라엘이다. 이스라엘은 현재 유럽축구연맹(UEFA)에 속해 있지만 이때까지는 아시아축구연맹(AFC) 소속이었다. 중동국가들과의 정치적인 문제로 1976년 아시아축구연맹에서 강제로 탈퇴 당한 이스라엘은 이후 오세아니아 축구연맹(OFC)를 거쳐 1991년에 비로소 유럽축구연맹에 가입하였다.

1980년 모스크바 올림픽 예선에서 또다시 말레이시아가 1972년 대회에 이어 한국의 올림픽 진출을 막아섰다. 말레이시아와의 예선전은 지난 대회와 마찬가지로 수중전으로 치러졌다. 김호곤, 조광래, 허정무 등을 앞세운 한국은 말레이시아에게 3:0으로 완패하였다. 한국은 1984년 LA 올림픽마저 지역예선을 통과하지 못하고 개최국 자격으로 출전하는 1988년 서울 올림픽을 기약해야 했다.

회생, 그리고

1988년, 한국은 1964년 도쿄 올림픽 이후 24년 만에 올림픽에 출전하였다. 아시아 지역예선에서 5회 연속 탈락하며 번번이 고배를 마셨던 한국은 올림픽 개최국으로서 참가 자격이 주어졌다. 이후 한국은 2020년 도쿄 올림픽까지 무려 9회 연속 올림픽 본선에 진출하며, 올림픽 최다 연속 출전국으로서의 위상을 지키고 있다.

1988년 서울 올림픽에서 한국은 소련, 미국, 아르헨티나와 한 조에 속했다. 첫 경기 상대였던 소련은 1956년 멜버른 올림픽에서 금메달을 따고, 1972년 뮌헨, 1976년 몬트리올, 1980년 모스크바 올림픽에서 연속으로 동메달을 획득한 올림픽 축구의 최강자였다. 1988년 서울 올림픽에서도 금메달을 획득했다.

소련이 올림픽 축구에서 강세를 보였던 배경에는 당시 올림픽 축구 규정이 연관되어 있다. 올림픽은 아마추어리즘을 중시하는 대회 특성상 초대 대회부터 프로축구선수들의 참가를 제한해왔다. 이 때문에 외형적으로 프로구단을 운영하지 않는 소련을 비롯한 공산권 국가들의 올림픽 성적이 상대적으로 좋을 수밖에 없었다. 하지만 월드컵에 비해 올림픽 축구의 위상이 저하되고, 인기가 하락하자 1984년 LA 올림픽부터는 월드컵 대회 참가 이력이 없는 경우에 한하여 프로선수의 참가를 허용하도록 규정을 바꿨다.

한국은 첫 경기에서 소련을 상대로 득점 없이 0:0 무승부로 경기를 마쳤다. 소련은 다음 경기부터 모든 경기를 승리하여 결국 금메달을 획득했으므로 한국은 우승팀을 상대로 실점 없이 선전했던 셈이다.

두 번째 경기에서 미국을 상대로 또다시 0:0 무승부를 기록했다. 경기 내용은 한국이 미국을 압도했지만 득점을 하지 못하고, 결국 두 경기 연속 무승부로 기록한 채 조별 예선 마지막 경기에서 남미의 강호 아르헨티나를 상대해야했다.

한국은 전반전에 아르헨티나에게 1골을 먼저 내줬지만 1골을 만회하여 동점을 이루었다. 하지만 후반전에 아르헨티나에 다시 1골을 허용하여 2:1로 패배하고 말았다. 자국에서 개최된 올림픽 무대에서 2무1패의 초라한 성적으로 대회를 마감해야했다.

국제축구연맹(FIFA)은 1992년 바르셀로나 올림픽부터 출전선수의 연령을 23세로 제한했다. 한국팀은 신태용, 이운재, 이임생 등을 주축 선수로 하여 올림픽 예선을 준비했다. 1차 예선전을 통과하고 쿠웨이트, 바레인, 카타르, 일본, 중국 등 6개국이 최종예선에 돌입했다.

최종예선 1차전은 쿠웨이트를 상대로 졸전 끝에 1:1 무승부를 기록했다. 이어서 바레인과의 2차전 경기에서는 어렵게 1:0 승리를 따냈다. 두 차례에 걸쳐 졸전을 펼친 한국팀에 대해 일본의 요코하마 감독은 "붉은 유니폼은 한국의 것인데, 그 안의 선수들은 한국사람이 아닌 것 같다"며 도발했다. 세 번째 경기에서는 카타르를 만나 1:0으로 충격적인 패배를 당했다.

1승1무1패의 기록으로 올림픽 본선 탈락의 위기에 몰린 한국의 다음 상대는 일본이었다. 일본의 요코하마 감독은 경기를 앞둔 인터뷰에서 "한국은 종이호랑이에 불과하다"며 재차 도발했다.

요코하마 감독의 도발은 자존심이 구겨질 대로 구겨진 한국팀을 자극했고, 한국은 후반 막판 터진 김병수 선수의 골에 힘입어 1:0 극적인 승리를 거뒀다. 경기가 끝난 뒤 한국의 김삼락 감독은 "일본은 야구나 하라"며 요코하마 감독의 도발에 보기 좋게 응수했다. 김삼락 감독의 통쾌한 일갈은 답답한 경기력으로 꽉 막혀 있던 한국 축구팬들의 속을 시원하게 뚫어주었다. 한국은 중국마저 3:1로 꺾고 28년 만에 올림픽 자력진출에 성공했다.

오랜만에 올림픽 본선에 진출한 한국은 모로코, 파라과이, 스웨덴과 한조로 편성되었는데 각각 1:1, 0:0, 1:0을 기록하며 3무의 아쉬운 성적으로 대회를 마감했다.

1992년 바르셀로나 올림픽부터 출전선수의 연령을 23세로 제한하자 경기 수준에 대한 비난 여론이 일었다. 이에 국제축구연맹(FIFA)은 23세 이상의 선수를 3명까지 출전시킬 수 있는 와일드카드제를 적용하기로 했다.

1996년 애틀랜타 올림픽은 한국축구 역사상 최초로 외국인 감독이 지휘봉을 잡은 대회이다. 한국은 일찌감치 외국인 감독을 선임하여 선진축구 문화를 받아들인 일본의 성장에 자극을 받아 외국인 감독 체제를 검토하고 있었다. 국가대표 감독직을 외국인에게 맡길 수 없다는 일부 반대 의견도 있었지만, 1988년 서울 올림픽에서 소련이 우승할 당시 감독으로서 한국과도 인연이 있었던 아나톨리 비쇼베츠(Anatoliy Byshovets) 감독을 선임했다.

지역예선을 비교적 수월하게 통과하고 본선에 진출한 한국은 가나, 멕시코, 이탈리아와 한조로 편성됐다. 가나를 1:0으로 격파하고, 멕시코와 0:0 무승부를 기록한 한국은 마지막 이탈리아전을 앞두고 있었다. 이탈리아전에서 비기기만 해도 8강 진출을 확정할 수 있었다. 하지만 아쉽게도 2:1로 패하여 올림픽 본선무대 최초 토너먼트 진출은 다음을 기약하게 되었다.

2000년 시드니 올림픽은 허정무 감독이 이끌었고, 주축 선수는 2002년 월드컵 4강신화의 주인공들로서 우리에게 잘 알려진 박지성, 이천수, 이영표, 송종국 등이었다. 지역예선을 무패로 통과한 한국은 본선에서 스페인, 모로코, 칠레를 상대했다.

첫 경기에서 만난 스페인에게 3:0을 패한 한국은 모로코, 칠레를 모두 1:0으로 격파했지만, 넷 팀 모두 2승 1패씩을 기록하면서 골 득실차에 밀려 토너먼트 진출에 실패했다. 스페인전에서 셋 골이나 허용했던 게 한국팀의 발목을 잡고야 말았다.

2004년 아테네 올핌픽에 나선 한국팀은 지역예선 8경기를 전승 무실점으로 통과했다. 김호곤 감독이 이끄는 한국팀에 대한 기대감이 한층 고조된 가운데 그리스, 멕시코, 말리와 한조로 편성됐다. 첫 경기에서 만난 개최국, 그리스를 상대로 3:3 무승부를 기록한 한국은 두 번째 경기에서 멕시코를 1:0으로 제압했다. 세 번째 상대는 비교적 약체로 꼽히던 말리였는데, 한국은 말리에게 내리 3점을 내주며 무기력하게 끌려갔다. 올림픽에서 최초로 토너먼트에 진출하겠다는 꿈이 좌절될 위기에 놓였다. 하지만 한국은 후반전 조재진의 득점을 시작으로 두 골을 더 넣으면서 3:3 극적인 무승부를 기록, 최초로 8강에 진출하였다.

8강전에서 만난 상대는 파라과이였다. 한국은 말리전과 마찬가지로 3점을 먼저 실점했다가 이천수의 연속 득점으로 3:2까지 파라과이를 맹렬히 추격했다. 하지만 끝내 동점골은 터지지 않았고, 한국은 8강전 진출이라는 역대 최고 성적에 만족해야했다.

박성화 감독이 이끄는 2008년 베이징 올림픽 대표팀은 힘겹게 지역예선을 통과하고 카메룬, 이탈리아, 온두라스와 한조로 편성됐다. 카메룬전을 1:1로 비긴 한국은 2차전에서 이탈리아에 3:0으로 완패했다. 마지막 경기 온두라스에 1:0으로 승리를 거뒀지만 토너먼트 진출에는 실패하였다.

2008년 베이징 올림픽에서는 유니폼 엠블럼 부착과 관련해서 작은 소동이 있었다. 국제올림픽위원회(IOC)는 유니폼 상의에 자국 협회 엠블럼 대신 국기를 부착해야 한다고 권고했지만, 한국팀은 이를 무시한 채 백호가 그려진 대한축구협회 엠블럼을 가슴에 부착하고 1차전 카메룬과의 경기에 나선 것이다. 이에 국제올림픽위원회는 한국팀에 강력히 경고했고, 예비유니폼을 준비하지 못한 한국팀은 이탈리아와의 2차전에서는 엠블럼에 덧칠을 하고, 온두라스와의 3차전에서는 아예 아무것도 부착하지 않았다. 한국은 베이징 올림픽에서 겪은 소동을 교훈 삼아 이후 대회부터는 국제올림픽위원회의 권고를 충실히 이행하여 올림픽대회에서는 유니폼 상의에 엠블럼이 아닌 태극기를 부착하고 있다.

동메달

2012년 런던 올림픽은 한국 축구팬들에게는 잊을 수 없는 대회로 기억된다. 올림픽 축구에서 사상 최초로 동메달을 획득했기 때문이다. 더구나 동메달의 주인공을 결정하는 3·4위전에서 일본을 상대로 승리했기 때문에 그 기쁨이 더욱 컸다. 각시탈을 쓰고 손에 피리를 쥔 채 일본 진영을 개인기로 휘젓는 박주영 선수의 합성사진이 인터넷에서 크게 유행하기도 했다.

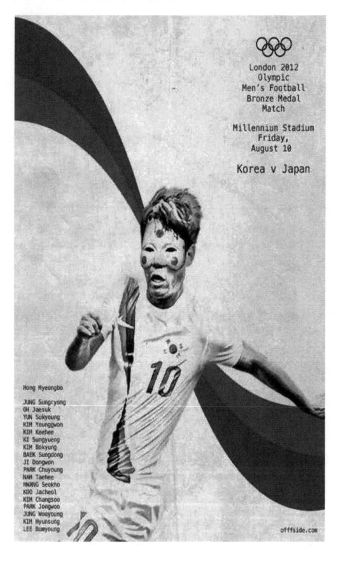

홍명보 감독이 이끄는 한국팀은 멕시코와 0:0으로 무승부를 기록하고, 스위스전에서 2:1 승리를 거뒀다. 마지막 조별 예선에서 가봉과 0:0으로 비기면서 1승2무로 8강에 진출했다.

8강에서 만난 상대는 개최국 영국이었다. 홍명보 감독은 영국 리그에서 활약하던 박주영, 지동원, 기성용 등을 선발로 내세우고 영국과 정면승부를 펼쳤다. 지동원이 선제골을 넣었지만 동점골을 허용하고 말았고, 연장전에서도 승부를 가리지 못한 채 승부차기에 돌입했다. 한국은 승부차기에서 다섯 명의 선수가 모두 골을 성공시켰고, 이범영 선수가 영국의 마지막 키커인 스터리지 선수의 슛을 막아냄으로써 5:4로 승리하였다.

4강전의 상대는 세계 최강 브라질이었다. 4강전은 박지성이 활약했던 맨체스터 유나이티드의 홈구장인 올드 트래포트에서 치러졌다. 전반전에 1골, 후반전에는 2골을 허용하며 3:0으로 패하면서 3·4위전으로 밀려났다. 4강에 진출하며 이미 최고 성적을 달성했지만 사상 최초로 메달 획득을 노릴 수 있는 기회가 주어졌다.

일본과의 3·4위전에 임하는 한국팀의 각오는 남달랐다. 하필 경기가 있던 날은 광복절 닷새 전이었다. 한국팀의 핵심 선수였던 기성용은 대회가 끝난 뒤 TV 방송에 출연해 홍명보 감독이 일본과의 경기 전, "일본 선수들과 공중볼을 경합하면 무조건 부셔버려라"고 말했던 일화를 밝히기도 했다.

한국은 전반전 38분, 박주영이 일본 문전 앞에서 환상적인 드리블을 선보이며 선취 득점에 성공했다. 이어서 후반전 12분에 구자철 선수가 추가 득점을 하여 2:0으로 승리했다.

경기가 끝난 후 한국 선수들이 태극기를 손에 들고 경기장을 뛰어다니면서 기쁨을 표현하고 있을 때 유독 눈에 띄는 한 선수가 있었다. 웃통을 벗은 박정우 선수가 '독도는 우리땅'이라는 피켓을 든 채 달리고 있던 것이다.

올림픽 경기에서 정치적인 행위를 엄격히 금지하고 있던 국제올림픽위원회(IOC)는 박정우 선수에 대해 동메달 수여를 보류하였고, 국제축구연맹(FIFA)은 조사에 착수했다. 다행히도 박종우 선수의 행위가 사전에 계획되지 않은 우발적 행동이었다는 점을 고려하여 동메달을 정상적으로 수여하고, 대신에 2경기 출전정지와 3500 스위스프랑(약 410만원)의 벌금 징계를 내렸다. 박정우 선수에 따르면 당시 그가 들고 있던 피켓은 경기가 종료된 이후 관중이 전해줬던 것이라 한다.

동메달을 획득한 한국 선수들은 축구 종목 최초로 올림

픽 병역특례 혜택을 받았다. 스포츠 선수들에게 병역특례 혜택은 1973년부터 시작되었다. 가난하고 국력이 약했던 당시 시대 상황 속에서 국제대회에서의 좋은 성적은 국위선양을 뜻했다. 처음 제도가 시행됐을 때는 지금보다 혜택의 폭이 컸다. 올림픽은 물론이고, 세계선수권대회, 유니버시아드대회, 아시아선수권대회 입상자까지도 병역이 면제됐다. 1990년대에 들어서 지금처럼 올림픽 3위, 아시안게임 1위 입상자에게만 혜택이 주어지게 되었다.

1970년대와는 달리 '올림픽 메달 획득이 곧 국위선양'이라는 인식이 사라지고, 메달을 따지 못해도 목표를 달성하기 위해 최선을 다하는 선수에게 박수를 보내는 게 자연스러운 현상으로 자리한 요즘에는 병역특례 제도가 시대적인 흐름을 반영하지 못한다는 지적이 나오기도 한다.

한국은 2012년 런던 올림픽 이후 2016년 리우데자네이루, 2020년 도쿄 올림픽에 연달아 출전해 모두 8강에 진출했다. 올림픽에서 메달 획득을 경험한 바 있는 한국이기에 2016년, 2020년 대회 모두 동메달 이상의 성적을 목표로 했다. 아쉽게도 런던 대회 이후로 아직 메달 획득을 못하고 있지만, 한국은 올림픽 세계 최다 연속 출전국이자 올림픽에서 전 대륙을 상대로 승리한 경험을 가진 나라로서 위상을 지키고 있다.

4. 사라진 우승컵

_ 아시안컵 도전史

챔피언

1954년 한국을 포함한 12개 국가를 초대 회원국으로 아시아축구연맹(AFC)이 창립되었다. 지금은 아시아 대부분 국가가 아시아축구연맹에 가입되어 있지만 창립 당시에는 일본, 말레이시아, 베트남, 필리핀, 홍콩 등 주로 동남아시아 또는 동아시아 국가들로 구성되었다.

오늘날 국제축구연맹(FIFA)에 소속되어 있는 6개 각 대륙별 축구연맹 주관 하에 치르는 대륙컵 대회는 모두 여섯 개다. 아시아축구연맹은 1956년에 제1회 아시안컵을 개최했다. 아시안컵은 1916년에 시작된 코파아메리카 대회에 이어 두 번째로 오랜 역사를 자랑한다. 1960년에 시작한 유럽축구선수권대회(EURO)보다도 긴 역사를 가졌다. 물론 참가국들의 경제력이나 대회 경기수준 등을 고려했을 때, 대회 위상은 유럽축구선수권대회를 비롯한 다른 대륙컵에 비할 바가 아니지만 역사와 전통 만큼은 결코 무시할 수 없다.

제1회 아시안컵 개최국은 홍콩이었다. 홍콩은 오랜 세월 동안 영국 지배를 받았던 영향으로 다른 아시아 국가들에 비하여 이른 시기에 축구행정을 발전시켰다. 오늘날 홍콩 프로리그인 프리미어리그의 전신이라 할 수 있는 1부 리그는 무려 1908년에 시작되었다. 아시아축구연맹(AFC)은 2017년 홈페이지에 'Asian football trivia'라는 제목의 기사를 게재하며 홍콩 프로축구 1부 리그(First Division)가 'first professional league' 즉, 아시아 최초의 리그라고 인정했다.

1956년 제1회 아시안컵은 모두 20여 개 팀이 참가를 신청했다. 하지만 일본을 비롯한 몇몇 국가들이 중도에 출전을 포기하여 최종적으로 7개 국가만이 참가하였다. 조별 예선전을 거쳐서 한국과 이스라엘, 홍콩, 베트남이 풀리그전을 통해 우승자를 가리는 최종 결선 리그에 진출하였다.

한국은 이유형을 감독으로 선임하고 대표팀을 꾸렸지만 축구협회의 재정난으로 조별 예선전이 열리는 대만으로 이동할 비행기표를 구할 수 없었다. 오늘날 대한항공의 전신인 KNA과 교섭을 통해 외상으로 비행기를 타고 갔다.

대만에서 예선전을 마치고, 또다시 외상으로 KNA 항공편을 이용해 결선리그 1차전을 치르기 위해 홍콩으로 이동했다. 홍콩과의 1차전은 오후 2시에 열릴 예정이었는데, 한국팀이 홍콩공항에 도착한 시간은 오전 7시였다(동아일보, 1956.02.18.).

제대로 쉬지도 못하고 홍콩전에 나선 한국팀 선수들의 컨디션이 좋을 리 없었다. 한국은 전반전에만 2골을 허용하고 2:0으로 끌려갔다. 후반전 들어 경기장에 세찬 소나기가 쏟아졌고, 한국은 2골을 만회하여 경기는 2:2 무승부를 기록했다.

한국팀의 두 번째 상대는 이스라엘이었다. 당시 이스라엘은 아시아 정상권의 전력을 갖춘 최강팀이었다. 전반전을 0:0 마치고, 후반전에 한국이 먼저 두 골을 넣어 2:0으로 앞서갔다. 이스라엘이 1골을 추격했지만 경기는 2:1 한국의 승리로 마쳤다.

마지막 상대는 베트남이었다. 8골을 주고받는 치열한 양상으로 전개된 두 팀 간의 대결에서 한국이 5:3으로 승리했다. 한국이 초대 아시안컵 대회 챔피언으로 등극하는 순간이다.

그런데, 2007년까지도 제1회 아시안컵 대회에서 득점한 한국 선수들의 명단이 알려지지 않았다. 한국에 남아있는 자료가 없었기 때문이다. 축구협회는 각국 협회에 공문으로 확인을 요청했지만 답변이 없었다. 협회는 2007년 '역사 찾기 프로젝트'에 나서 홍콩, 태국, 말레이시아, 인도네시아 등을 방문하여 1940~1960년대 한국 축구와 관련된 자료를 직접 조사했다. 2007년 8월 5일 <연합뉴스> 보도에 따르면 축구협회는 홍콩에서 제1회 아시안컵 득점자 명단을 알아냈는데, 홍콩전에서는 김지성, 최광석 선수가, 이스라엘전에서는 우상권, 성낙운 선수가, 베트남전에서는 우상권(2골), 최정민(2골), 성낙운 선수가 득점을 했다고 한다. 자칫 잊혀질 뻔한 역사의 한 조각을 협회의 노력으로 되찾았다.

비행기표를 구할 돈이 없어 전전긍긍했던 한국 대표팀은 초대 아시안컵 챔피언이 되어 우승컵을 품에 안고 위풍당당한 모습으로 귀국길에 올랐다. 선수들이 들고 온 제1회 아시안컵 우승컵은 한국은 물론이고, 아시아 축구 역사에 있어서도 매우 의미 있는 유물이다.

헌데 이 귀한 유물이 분실 소동을 겪었다. 사연은 다음과 같다. 초대 아시안컵 우승컵은 줄곧 축구협회가 보관해오다가 1985년에 대한체육회에 기증했다. 대한체육회는 태릉선수촌에 있는 한국체육박물관에 우승컵을 전시했다. 축구협회는 우승컵을 기증한 사실을 잊고 1990년대 후반부터 우승컵의 행방을 찾기 시작했다. 원로 축구인들을 수소문하고 협회 창고를 샅샅이 뒤졌으나 찾지 못했는데, 결국 우승컵은 한국체육박물관에서 전시된 채 발견되었다.

초대 아시안컵 우승컵　ⓒ문화재청

되찾은(?) 우승컵은 역사적 가치를 인정받아 2012년에 국가등록문화재 제493호로 지정되었다. 문화재청이 제공하는 문화재 정보에 따르면 우승컵에는 'ASIAN CUP'과 축구공 모양, '1956, WINNER'라는 문구가 새겨져있고, 은으로 제작되었다고 한다. 한국체육박물관에서 다시 발견되었을 때는 관리가 제대로 되지 않아 세월의 때가 짙게 끼어 있었는데, 보존처리를 마친 현재는 본래의 은빛을 되찾았다.

가짜 금메달

1960년 제2회 아시안컵 대회는 제1회 대회 우승국인 한국에서 개최하기로 했다. 한국은 이때까지도 국제규격을 갖춘 축구장을 보유하지 못했다. 아시안컵 대회 개최를 위해서는 축구장 건립이 시급했다.

축구협회의 『한국축구 100년사』에 따르면, 제1회 대회를 우승하고 이를 보고하기 위해 경무대(오늘날의 청와대)를 방문했을 때 이승만 대통령이 효창공원 일부에 축구경기장 건립을 지시했다고 한다.

효창공원은 본래 조선 정조의 아들인 문효세자(文孝世子)의 무덤이 있어 효창원이라 불렸다. 하지만 일제가 문효세자의 무덤을 강제 이장하고, 일부를 공원용지로 책정하면서 효창공원이라 불리기 시작했다. 1946년에 일본으로부터 이봉창·윤봉길·백정기, 이른바 3의사의 유해를 봉환하여 묘역을 조성했으며, 1949년에 서거한 김구의 유해도 이곳에 안장되었다.

순국선열 묘역이 조성된 효창공원에 축구장을 짓겠다는 정부의 계획은 각계각층의 반대에 부딪혔다. 국회는 당시 야당 국회의원이었던 '장군의 아들' 김두한이 중심이 되어 축구장 건립 반대 결의안을 만장일치로 통과시켰다. 1956년 6월 10일자 <동아일보> 기사에 따르면, 김두한은 "효창공원의 선열묘지는 성묘이다. 이 성묘를 함부로 파서 헐어뜨리는 것은 생명을 조국광복에 바친 선열에 대한 도리가 아니다"라며 반대 결의안 제안 이유를 밝혔다.

국회의 반대에도 불구하고, 정부는 공사 중단과 설계 변경 등을 거듭하여 결국 제2회 아시안컵 개회를 하루 앞둔 1960년 10월 12일에 4백 미터 육상트랙을 갖추고, 최대 2만3천 명을 수용할 수 있는 효창운동장을 개장했다.

제2회 아시안컵은 11개 팀이 참가하여 지역예선을 거쳐 개최국 한국을 포함한 베트남, 이스라엘, 대만 등 4개 팀이 결선 리그에 올랐다. 결선 리그는 4개 팀이 풀리그 형태로 1960년 10월 14일부터 열흘 동안 효창운동장에서 진행됐다.

최초로 국제규격을 갖춘 축구장에서 열리는, 한국이 개최하는 첫 번째 국제축구경기를 관람하기 위해 모여든 사람들로 효창운동장은 인산인해를 이뤘다. 베트남과의 개막전을 앞두고 경기장은 물론이고, 건너편 언덕과 민가에도 사람들이 진을 치고 있었다. 개막전은 한국이 5:1로 크게 승리했다.

두 번째 경기는 사흘 뒤에 이스라엘을 상대로 펼쳐졌다.

개막전에서 승리를 거둔 한국 팀을 향한 기대가 한층 높아진 탓인지 이전 경기보다 더 많은 사람들이 경기장을 찾아 관중석은 물론이고, 육상트랙까지도 관중들이 점령했다. 급기야 경기장에 입장하지 못한 일부 관중이 난입하면서 20여 명이 중경상을 입는 불상사가 벌어지기도 했다.

이스라엘전에서 발생한 관중들의 경기장 난입과 부상자 발생 소동에 대해 한국 언론은 물론이고, 외신도 관심을 가졌다. <동아일보>는 경기가 끝난 이튿날인 10월 19일 "공중도의심과 공서관념의 결여를 경고 한다"는 제하의 사설을 통해 "사망자까진 없었던 것이 불행 중 다행이다 하더라도, 장소가 우리나라 최초의 국제경기대회장이란 점에서 사건의 중대성이 다르다는 것을 알아야만 한다. 이 사건이 일어나자 외전까지도 우리를 비웃는 것 같은 보도를 전하였음은 국제적으로 수치가 아닐 수 없다"라면서 국민들의 질서 의식이 부족하다고 성토했다.

비록 무질서한 관중 난입 소동 등으로 어수선한 분위기에서 경기가 치러졌지만 한국은 조윤옥, 우상권 선수 등의 활약에 입히어 강력한 우승후보였던 이스라엘을 3:0으로 꺾었다. 2연승을 달리던 한국은 마지막 상대였던 대만마저 1:0으로 누르고 3경기 전승을 거두며 제1회 대회에 이어 2회 연속 우승을 차지했다.

1960년 제2회 대회는 한국이 우승한 마지막 아시안컵 대회다. 아시아의 맹주를 자처하는 한국이지만, 제2회 대회 이후 60년이 넘도록 준우승만 4회를 기록하며 번번이 우승의 문턱에서 좌절했다. 이를 두고 한국 팀에게 저주가 내렸기 때문이라고 얘기하는 축구팬들이 있다. 아시안컵이 개최될 때마다 "이번에는 저주를 끊을 수 있을까"라는 식의 제목으로 한국 팀의 성적을 예측하는 기사를 종종 접할 수 있다. 어떤 저주가 내렸다는 걸까?

가장 잘 알려진 저주(?)는 '가짜 금메달의 저주'다. 여기에는 가슴 아픈 사연이 전해온다. 축구협회는 1960년 제2회 아시안컵 대회에서 우승한 선수들에게 금메달을 제작해서 나눠줬는데, 이 금메달은 쇠붙이에 금색을 덧칠한 가짜였다. <한겨레신문> 2004년 3월 30일자 기사에는 당시 한국 팀 주장이었던 문정식 씨와의 인터뷰 내용이 실렸는데, 그는 "(당시 협회로부터) 금메달을 받아 선수들한테 나눠줬는데 이틀 뒤 최정민(선수)가 찾아왔다. 대뜸 '형 이거 가짜야'라며 벽에 메달을 그었는데 속이 회칠을 한 듯 하얀 색이 드러났다. 진짜 순금 메달을 줄 것으로 알았던 순진한 선수들은 화를 이기지 못해 그만 메달을 모두 축구협회에 반납했다"고 회고했다.

국가대표로서 최선을 다해 경기를 치르고 3전3승으로

우승했는데 돌아온 게 고작 가짜 금메달이라니 당시 선수들이 느꼈을 허탈함과 배신감이 오죽했으랴. 축구협회는 54년이 지난 2014년에 23개의 '진짜 금메달'을 제작해서 연락이 닿은 6명에게 이를 전달했다. 협회는 다시 5년 후인 2019년에 선수 유가족 일부를 초청해서 나머지 금메달을 전달했다. 이제라도 당시 선수들과 그 가족들을 위로하기 위한 축구협회의 노력은 박수를 받아 마땅하다. 하지만 너무 늦었다. 당시 대회에 참가했던 선수 대부분이 고인이 되었기 때문이다. 그들이 하늘에서라도 진짜 금메달을 목에 걸고 그날의 영광을 떠올리며 행복하길 기원한다.

또 다른 아시안컵의 저주(?)로는 '분실된 우승컵의 저주'가 있다. 앞서 언급했듯이 초대 대회 우승컵은 한동안 사라졌다가 대한체육회에서 전시된 채로 발견된 적이 있었는데, 제2회 우승컵은 분실된 채 여전히 행방을 알 수 없다. 사라진 우승컵이 저주를 내려 한국 팀의 아시안컵 우승을 막고 있다는 얘기다. 제2회 대회가 열렸던 1960년은 한국사회가 정치, 경제적으로 극도로 혼란했던 시기였다. 4.19혁명으로 이승만 대통령이 하야하고, 그 해 8월에 장면 정부가 들어선지 얼마 되지 않아 대회를 치렀다. 당시 후진적인 축구행정 시스템과 혼란스러웠던 시대상황이 아시안컵을 분실하게 만든 원인이라고 본다.

이밖에도 김구 선생을 비롯하여 효창공원 묘역에 잠들어 있는 순국선열이 효창운동장 건립에 노하여서 저주를 내렸다는 '순국선열 저주설'도 있다. 조국 독립을 위해 목숨을 바쳤던 순국선열이 저주를 내려 후손들의 축구발전을 막고 있다는 얘기인데, 논할 가치가 없다.

제2회 아시안컵 대회는 개최 준비 과정에서 효창운동장 건립 논란, 대회가 진행되는 중에는 관중들의 무질서와 부상자 발생, 대회가 끝난 후에는 우승컵 분실, 가짜 금메달 사건 등으로 역대 아시안컵 대회 가운데 가장 많은 이야깃거리를 남겼다. 또한 이 대회를 끝으로 한국이 더 이상 우승하지 못하자 각종 '저주설'이 등장했다. 저주설은 미신이다. 미신은 올바른 믿음과 실력으로 극복할 수 있다. 한국이 미신을 타파하고, 다시 우승컵을 들어 올리지 두고 볼 일이다.

다시 오르지 못한 왕좌

제3회 아시안컵 대회는 1964년 이스라엘에서 개최되었다. 같은 해에 개최 예정인 도쿄 올림픽과 일정이 겹치자 축구협회는 올림픽에 집중하기 위해 아시안컵 출전 포기를 고려했다가 끝내 2진급 선수들을 선발하여 대회에 참가했다. <동아일보> 1964년 5월 5일자 기사에 따르면, "(아시안컵) 2회 우승 팀이라는 조건과 1군 멤버를 계승할 수 있는 참신한 2군 멤버를 확보함으로써 선수들의 신진대사에 따른 블랭크를 메운다는 건설적인 의도에서 아시아선수권대회의 참가를 결정하였다"고 한다. 5월 6일부터 이틀 동안 서울운동장(동대문운동장)에서 자체 선수선발전(홍백전)을 펼쳐 1군은 올림픽 예선전에 출전하고, 2군은 아시안컵에 출전시켰다.

한국은 예선전에서 일본, 필리핀, 대만과 같은 조로 편성되었는데, 이 팀들이 모두 기권하는 바람에 자동으로 본선에 진출했다. 한국을 포함하여 이스라엘, 홍콩, 인도 등 4개국이 결승리그를 치렀다.

한국은 결선 첫 경기에서 인도에 2:0으로 패했다. 오늘날에는 축구경기에서 한국이 인도에 지는 모습을 상상하기 어렵지만 영국의 식민 지배를 받았던 영향 탓인지 당시까지 인도는 아시아 축구 강국 중 하나였다. 인도는 1950년에 한국보다도 먼저 월드컵 본선 무대를 밟았고, 1951년·1962년 아시안게임에서 금메달 획득, 1956년 멜버른 올림픽에서는 4위에 올랐다.

두 번째 경기에서 홍콩을 1:0으로 누른 한국은 마지막 경기에서 개최국 이스라엘에게 2:1로 패하며 3위로 대회를 마감했다.

1968년 이란에서 개최한 제4회 아시안컵 예선전은 1승 1무2패의 초라한 성적으로 탈락하고 말았다. 한국이 조별 예선을 통과하지 못한 첫 번째 대회였다.

한국은 제3회 대회 이후 8년 만인 1972년에 태국에서 개최한 제5회 대회에 다시 참가했다. 5월 7일, 본선 조별 리그에서 만난 이라크를 상대로 당시 고려대 1학년에 재학 중이던 만 18세 '소년 차범근'이 국가대표 데뷔전을 치렀다.

결선리그에서 크메르공화국, 쿠웨이트과 한 조에 속한 한국은 첫 경기에서 크메르공화국을 4:1로 대파했다. 이 경기에서 차범근은 대표팀 데뷔골을 터뜨렸다. 그가 대표팀 유니폼을 입고 득점한 58골 중 첫 득점이었다. 이어진 쿠웨이트와의 경기에서 1:2로 패한 한국은 골 득실차에서 쿠웨이트를 앞서 준결승에 진출했다. 준결승에서 만난 상대는 태국이다. 국제대회에서 이렇다 할 성적을 내지 못했던 태국이었지만 한국을 상대로 연장까지 가는 접전을 펼쳤다. 승부차기 끝에 한국이 승리했다.

한국의 결승 상대는 이전 대회 우승팀인 이란이었다. 한국은 1:1로 경기를 마치고 연장전에 돌입, 이란의 호세인 칼라니에게 득점을 허용하며 준우승을 차지했다.

이때까지만 해도 한국과 이란이 아시안컵에서 질긴 악연(?)의 연속으로 엮길 것이라곤 아무도 예상치 못했다. 한국과 이란은 1996년 제11회 대회부터 2011년 제15회 대회에 이르기까지 5회 연속으로 8강전에서 만나 서로의 발목을 잡았다. 8강전에서 상대를 이긴 팀은 모두 4강전에서 패배하며 결승 진출에 실패했다. 이란에서 개최한 1968년, 1976년 두 번의 아시안컵 대회는 한국이 모두 조별예선 탈락하여 출전하지 못했다. 서로 물고 물리는 끈질기고도 지독한 악연의 연속이었다.

1976년 제6회 아시안컵에서 예선 탈락한 한국은 그로부터 4년 후 쿠웨이트에서 열린 1980년 제7회 대회에 참가했다. 예선전에서 중국, 마카오, 필리핀을 모두 꺾고 본선에 오른 한국은 쿠웨이트, 말레이시아, 카타르, UAE와 같은 조에 편성되었다. 말레이시아와 무승부를 기록하고, 나머지 3개 팀을 상대로 모두 승리하여 준결승에 진출했다. 준결승에서 만난 북한을 상대로 2:1로 승리하며 결승에 올랐다.

한국은 결승전에서 개최국 쿠웨이트를 만나 3:0으로 패하고 준우승했다. 이 대회에서 단연 돋보였던 선수는 최순호였다. 최순호는 말레이시아와의 본선 경기에서 국가대표로 데뷔전을 치르고, 모두 7골을 터뜨리며 만 18세의 나이로 아시안컵 역사상 최연소 득점왕에 올랐다.

1984년 싱가포르에서 개최된 제8회 아시안컵은 한국이 본선에서 최악의 성적을 기록한 대회이다. 예선전을 3승1무로 통과했지만 본선에서 2무2패로 단 1승도 거두지 못하고 대회를 마감했다. 한국은 대회 2주전까지도 일부 선수들이 소집훈련에 참가하지 않는 등 대회전부터 선수관리 면에서 심각한 문제점을 드러냈다. 이에 축구계의 자성을 촉구하는 목소리가 높았는데 <동아일보> 1984년 12월 8일자 기사에 따르면, "부진의 원인은 소속팀을 의식한 일부선수들의 기피현상으로 대표팀이 최상의 전용으로 짜여지지 않았다는 것이고, 합숙기간이 짧았으며, 코칭스태프를 한사람에게 전담시켰기 때문"이라고 분석했다.

1988년 제9회 아시안컵은 카타르에서 열렸다. 한국은 국내에서 열리는 대통령컵 국제축구대회와 일정이 겹치는 바람에 2진급으로 대표팀을 구성하여 예선전을 치렀다. 예선 탈락 위기에 몰렸지만 1승1무1패로 가까스로 본선에 진출했다.

지난 대회의 부진을 씻고자 이회택 감독을 선임하고 일부 선수들을 보강하는 등 새롭게 팀을 정비하여 본선에 출전했다. 일본, 카타르, 이란을 차례로 격파하고 준결승에 올랐다.

일본전에서는 건국대 재학 중이던 황선홍 선수가 국가 대표로 처음 출전하여 데뷔골을 기록했다. 이회택 감독은 당시 무명에 가까웠던 황선홍 선수를 과감하게 기용했고, 황선홍은 맹활약으로 기대에 부응했다. 황선홍은 2015년 연합뉴스와의 인터뷰에서 "1988년 아시안컵은 나를 신데렐라로 만들어준 대회"라고 소회했다.

준결승에서 중국을 2:1로 꺾은 한국은 결승에서 사우디아라비아를 만났다. 득점 없이 0:0으로 경기를 마친 두 팀은 승부차기에 돌입했고, 한국은 승부차기에서 3:4로 패하면서 준우승에 머물렀다. 김주성 선수는 한국 선수 최초로 대회 MVP로 선정되었다.

1992년 일본에서 열린 제10회 아시안컵 대회는 예선 탈락했다. 한국팀의 부진은 준비단계에서부터 예견되었다. 축구협회가 프로축구 활성화를 명분으로 대학, 실업선수로만 대표팀을 구성했기 때문이다. 축구계 내부에서도 반발이 거셌지만 결국 협회는 11명의 대학선수와 9명의 실업선수를 선발했다. 예선 1차전에서 방글라데시를 상대로 6:0 대승을 거뒀지만 2차전에서 태국에 2:1로 패하면서 조별예선 탈락했다.

제10회 대회 예선탈락은 단순히 선수 구성 실패가 원인이 아니었다. 아시아 축구를 경시하고, 유독 아시안컵의 위상을 낮게 평가하는 한국 축구계의 잘못된 인식이 근본적인 문제였다. 아시아 대륙에서 가장 권위 있는 대회인 아시안컵에 자국 리그 운영을 핑계로 우수한 프로선수들의 출전을 배제하는 것은 아시아축구연맹(AFC)는 물론이고 회원국들에게도 모욕적인 행태가 아닐 수 없다.

1992년 대회 이후로 한국은 아시안컵에 꾸준히 1진급 선수들을 선발해서 출전하고 있지만 여전히 이 대회에 대한 국민적 관심은 높지 않다. 박지성 선수는 2015년 국내 언론사와 가진 인터뷰에서 "월드컵에 계속 나가 좋은 성적도 거두면서 아시안컵은 높이 평가하지 않고 내버려두는 경향이 있었다. 그런 인식 때문에 우승 가능성이 위축됐다"고 밝혔다. 아시안컵이 올림픽이나 아시안게임과는 달리 병역특례 혜택이 적용되지 않는 대회라는 점도 관심을 소홀하게 만든 이유 중 하나이다.

한국이 쓰라린 예선탈락의 아픔을 겪는 동안 일본은 자국에서 처음으로 열린 아시안컵에서 대회 첫 우승을 달성했다. 일본은 이후 2019년 제17회 카타르 대회에 이르기까지 8회 연속 본선에 진출했고, 2000년, 2004년, 2011년 대회를 우승하며 아시안컵 최다 우승국으로 올라섰다.

1996년 아랍에미리트에서 개최된 제11회 대회는 한국 축구 역사상 가장 치욕적인 순간을 남겼다. 8강전에서 만난 이란에게 6:2로 패하고 만 것이다. 예선 3위 와일드카드로 힘겹게 8강에 오른 한국은 이란과 8강전을 치렀다. 전반전은 한국이 2:1로 리드한 채 마쳤다. 후반전이 시작되자 경기 양상이 완전히 뒤바뀌었다. 이란은 맹공을 퍼부었고, 한국은 5골을 내주며 패하고 말았다. 이란 축구의 국민영웅, 알리 다에이에게 4골을 허용했다.

한국팀의 참패 소식에 축구팬들은 충격에 휩싸였다. 분노한 일부 팬들은 언론사에 전화를 걸어 항의하기도 했다. <경향신문> 1996년 12월 18일자 기사에 따르면, "(12월) 17일밤 이란에 2:6으로 패하자 본사로 걸려오는 팬들의 전화는 아예 욕설에 가까웠다. 이날은 그야말로 한국축구 치욕의 날이었다. 지난 48년 대한축구협회가 출범한 이후 아시아무대에서 6골을 내준 것은 이번이 처음이기 때문이다"고 전한다. "한국축구 종치고 막내렸다(경향신문)", "한국 축구 국제적 웃음거리로 전락(동아일보)"이라는 당시 신문기사 제목만 보더라도 당시 여론이 얼마나 악화되었을지 짐작할 수 있다.

축구는 여느 스포츠와 마찬가지로 때로는 이길 수도 질 수도 있는데 팬들이 용인할 수 있는 임계점이 존재하나보다. 아무리 아시아 축구강국 이란을 상대했더라도 6실점으로 패하는 건 한국 축구팬들이 받아들이기 어려운 수준이었다. 더구나 2:1로 이기던 경기에서 연속 5골을 허용하고 패했으니 실망감이 더했다. 축구협회는 박종환 감독을 경질했다.

2000년 레바논에서 제12회 대회가 열렸다. 한국은 본선 성적 1승1무1패로 어렵게 8강에 올랐다. 8강 상대는 지난 대회에서 한국에게 치욕을 선사했던 이란이었다. 2:1로 역전승을 거두며 지난 대회의 패배를 설욕하고 준결승에 진출했다. 하지만 사우디아라비아에게 패하며 3·4위전으로 밀려났고, 중국을 1:0으로 이기며 대회 3위를 기록했다. 이동국 선수가 6골을 득점하여 대회 득점왕을 차지했다.

2004년 중국에서 열린 제13회 대회부터 참가팀이 기존 12개에서 16개 팀으로 확대됐다. 8강전에서 또다시 이란을 만나 4:3으로 패하며 대회를 마무리했다. 개최국 중국은 자국에서 열린 대회에서 결승전에 올랐지만 일본에게 무너지며 준우승에 만족해야 했다.

4년 주기로 열리던 아시안컵은 제13회 중국 대회가 치러진지 3년 만인 2007년에 제14회 대회가 개최됐다. 아시아축구연맹(AFC)이 아시안컵과 올림픽 개최 주기와 겹치다보니 제14회 대회를 3년 만에 치르기로 결정했기 때문이다. 아무래도 관심이 집중되는 올림픽과 같은 해에 대회를 치르는 게 흥행에 도움이 되지 않는다고 판단했다.

제14회 대회는 특이하게도 인도네시아, 말레이시아, 태국, 베트남 4개국이 공동으로 개최했다. 동남아국가들의 열악한 경제상황을 고려한 결정이었다. 태국은 대회를 2년 앞두고 아시아축구연맹(AFC)로부터 경기장 시설이 대회를 치르기 부적합하다는 경고를 받기도 했다.

본선 조별리그 2위로 8강에 진출한 한국은 이란을 승부차기 끝에 4:2로 누르고 준결승에 올랐지만 이라크에게 승부차기에서 패하며 3·4위전으로 내려앉았다. 일본과 치러진 3·4위전에서 또다시 승부차기까지 가는 접전 끝에 일본을 이기고 3위에 올랐다.

이 대회에서 한국은 8강전부터 3·4위전까지 내리 3경기를 단 한골도 득점하지 못하고 연장전, 승부차기까지 갔다. 3위의 성적을 기록했지만 줄곧 실망스러운 경기내용을 보여준 대표팀을 향한 비난여론은 일부 선수들이 대회 기간 중 숙소를 무단이탈, 술을 마신게 드러나면서 정점에 달했다. 축구협회는 상벌위원회를 열어 음주파문에 연루된 선수들에게 대표선수 자격정지 1년의 징계를 내렸다.

2011년 제15회 대회는 카타르에서 개최됐다. 2010년 남아공월드컵 주축멤버였던 박지성, 이영표, 기성용, 이청용과 신예 구자철, 손흥민 등으로 신구조화를 이룬 한국팀의 전력은 어느 때보다 탄탄했다. '왕의 귀환'이라는 한국팀의 슬로건에 걸맞게 충분히 우승권을 넘볼 수 있는 진용을 갖추고 있었다.

본선 조별리그를 통과하고 8강전에서 이란을 1:0으로 꺾은 한국은 준결승전에서 일본을 만났다. 하지만 연장전까지 2:2로 승부를 가리지 못하고, 승부차기에서 3:0으로 패하고 말았다. 이어진 3·4위전에서 우즈베키스탄을 이기고 지난 대회에 이어 3위를 차지했다.

아시안컵을 우승하고 은퇴하겠다던 박지성 선수의 약속은 끝내 이뤄지지 못했다. 박지성, 이영표 선수는 이 대회를 끝으로 대표팀과 작별했다. 박지성 선수는 2011년 아시안컵 대회에서 우승하지 못한 게 선수생활 중 가장 아쉬웠던 기억이라고 한다. 그는 준결승 일본전에서 승부차기 키커로 나서지 않았는데, 2021년 어느 TV 예능프로 출연해서 "중학교 3학년 마지막 대회 때 승부차기를 못 넣었다. 이후 고등학교에서도 못 넣고 4번 연속으로 못 넣었다"며 유난히 승부차기에 약했기 때문에 승부차기에 참여하지 않았다고 이유를 밝혔다. 차두리 선수는 2020년 아시아축구연맹(AFC)과 가진 인터뷰에서, "2011년 아시안컵 대표팀은 전술과 선수 구성에서 내가 뛰었던 팀 중 최고였다. 일본과의 준결승전은 가장 실망스러웠던 경기 중 하나였다"고 말했다. 역대 최상의 전력으로 우승을 노렸던 한국팀의 열망은 좌절되었고, 2011년 아시안컵은 축구팬들은 물론이고 경기를 직접 뛰었던 선수들에게도 가장 아쉬웠던 대회로 남았다.

2015년 호주에서 개최된 아시안컵 대회에서 또다시 정상의 문턱을 넘지 못했다. 본선 조별리그에서 오만, 쿠웨이트에 이어 개최국 호주를 상대로 무실점 전승을 거둔 한국은 8강전에서 우즈베키스탄, 준결승에서 이라크마저 무실점으로 격파했다. 결승에서 만난 상대는 조별 리그에서 만나 승리했던 호주였다. 한국은 1:0로 전반전을 마치고, 후반전 정규시간이 끝나도록 득점하지 못한 채 끌려갔다. 한국에게 남은 추가시간은 3분. 그때 손흥민의 발끝에서 극적인 동점골이 터졌다. 손흥민은 경기장 펜스를 뛰어넘어 관중석으로 달려가 관중들을 부둥켜안고 기쁨을 나눴다. 유럽 축구리그에서나 보던 감동적인 세리모니였다. 경기는 연장전에 돌입했고, 한국은 연장 전반전에서 1골을 내주고 2:1로 패했다. 비록 경기는 졌지만 투지 넘쳤던 경기내용에 축구팬들은 환호했다.

2019년 아시안컵 대회는 아랍에미리트에서 개최됐다. 아시아축구연맹(AFC)는 아시안컵의 위상을 높이고자 참가국을 기존 16개 팀에서 24개 팀으로 늘리고, 우승팀에게 500만 달러(약 56억원)를 상금으로 수여하기로 했다.

벤투 감독이 이끄는 한국 대표팀은 본선 조별리그에서 필리핀, 키르기스스탄, 중국을 무실점 전승으로 격파했다. 16강전에서 바레인을 상대로 2:1로 승리를 거두고 8강전에서 복병 카타르에게 1:0으로 패배했다. 한국의 발목을 잡은 카타르는 이 대회 결승에서 일본을 누르고 우승했다.

한국은 17번 치러진 아시안컵 대회에서 14번 본선에 진출한 역대 최다 참가국이다. 또한 참가한 14개 대회 중에서 2회 우승, 4회 준우승을 하며 매 대회마다 우승권에 있었다. 비록 1960년 제2회 대회 이후로 60년이 넘도록 우승하지 못한 채 무관에 머물고 있지만 여전히 아시아 최강국의 지위에 있다. 한국 축구팬들은 한국이 다시 아시안컵 챔피언에 오를 날을 고대하고 있다.

5. 무너지지 않은 후지산

_ 한일전의 역사

현해탄에 몸을 던지겠다

숙명의 라이벌. 숙명(宿命)이란 피할 수 없는 운명을 뜻한다. 피할 수 없는 운명처럼 라이벌로 묶여진 한국과 일본의 관계를 상징하는 말이다.

36년간 일본의 제국주의 식민통치를 경험한 한국인들은 일본을 고통을 안겨준 존재로 기억한다. 역사를 잊고, 때마다 망언을 쏟아내며 도무지 반성할 줄 모르는 일본에 한국인들은 화가 나있다. 반일감정이라 불리는 이러한 국민적 정서는 스포츠 경기에 또렷하게 투영된다. 한국과 일본의 국가 대항전. 바로 한일전이 그렇다.

국가 대항전은 애초에 국가의 존재를 전제로 하기에 민족정서나 국가주의로부터 자유로울 수 없다. 오히려 국가주의를 배제한 국제경기는 의미를 찾기가 어렵다. 과격한 스포츠 국가주의는 배척해야겠지만, 한일전을 유별나게 대하는 한국인들의 태도를 나무랄 수 없다.

역사적인 배경으로 얽혀서 국가 간 스포츠 라이벌 구도를 형성한 경우는 한국과 일본뿐만이 아니다. 인도는 영국과의 크리켓 대결에 사활을 건다. 영국을 상대로 승리를 거둔 경기를 소재로 삼아 '라간(Lagaan)'이라는 인도 영화가 제작되었다. 제국주의 시기 식민지배의 역사뿐만 아니라 국가 간의 복잡한 정치적 이해관계 역시 스포츠 경기에 반영된다. 아르헨티나와 영국, 이라크와 쿠웨이트는 각각 포클랜드 전쟁과 걸프전의 경험으로 스포츠에서도 앙숙 관계가 되었다. 1·2차 세계대전의 상흔이 남아있는 유럽의 독일, 프랑스, 이탈리아, 잉글랜드 등은 서로가 복잡한 라이벌 구도를 유지하고 있다. 1969년 엘살바도르와 온두라스는 아예 축구경기가 전쟁을 촉발했다.

한국과 일본의 축구 교류는 일제 강점기부터 시작되었다. 1920~30년대 한국과 일본의 축구팀이 서로를 오가며 친선경기를 치렀다. 엄밀히 얘기하면 한국이 아니라 조선이었고, 국가대표가 아닌 클럽팀 간의 경기였다.

1926년 4월 일본팀 최초로 오사카 축구팀이 조선을 방문해서 몇몇 조선 팀들과 서울, 평양 등에서 경기를 가질 예정이었다. 하지만 방문 중에 순종이 위독하다는 소식이 전해지자 중도에 일정을 포기하고 일본으로 돌아갔다(조선일보, 1926.04.27.).

같은 해 10월에는 조선축구단이 처음으로 일본 원정에 나섰다. 조선축구단은 1925년 불교청년회를 모태로 창단하였는데, 창단 원년에 제6회 전조선 축구대회를 우승한 조선 최강팀이었다. 조선축구단의 주장이었던 현정주 씨는 "일본에 가서 우리 조선 사람들의 스포츠맨십을 자랑하는 동시에 용기를 다해 싸워 호성적을 가지고 돌아올 생각이다"(동아일보, 1926.10.18.)라며 각오를 다졌다. 조선축구단은 연전연승하며 8차례 치러진 일본팀과의 원정 친선경기를 무패로 마감하고 당당하게 개선했다. 조선인들은 이들을 열렬히 환영했다.

1927년 히로시마 축구단, 1928년 메이지대학 축구팀, 1929년 와세다대학, 규슈대학 축구팀이 방문해서 조선팀들과 시합을 가졌다. 이어 1931년 규슈대학, 1938년 게이오대학, 1939년 와세다대학 축구팀이 조선을 방문했다. 1935년 일본에서 열린 전일본축구선수권 대회는 조선축구단이 우승을 차지했다.

1920~30년대 양측의 축구 전적은 조선이 우세했다. 일본팀을 압도하는 조선팀의 활약은 나라 잃은 조선인들의 설움을 조금이나마 위로해주었다. 하지만 1940년대에 들

어 일본이 태평양 전쟁을 일으키면서 서로 간에 축구 교류도 단절되었다.

진정한 한일전은 해방 이후 1954년 스위스 월드컵 아시아 지역예선에서 최초로 성사되었다. 국제축구연맹(FIFA) 규정에 따르면 양 팀은 홈앤드어웨이 방식으로 경기를 진행해야 했는데, 이승만 대통령이 일본팀의 입국을 불허함에 따라 두 경기 모두 일본에서 치렀다.

일본으로 떠나는 한국 선수들이 "만약에 일본에 패하면 현해탄에 몸을 던지겠다"고 대통령에게 약속했다. 전설처럼 전해오던 이 일화는 2019년 8월, 어느 축구 수집가에 의해 그 원본 각서가 발견되며 사실로 확인됐다. 이처럼 당시 감독과 선수들은 죽음을 각오하는 각서까지 쓰고 비장한 각오로 일본과의 경기에 나섰다.

일본을 이기길 바라는 국민들의 관심과 열망도 대단했다. <조선일보>는 1954년 3월 1일자 기사에서, "우리 대표단원들에게 새삼스럽게 필승을 기하라고 격려할 필요를 느끼지 않는다. 그것은 출정하는 군인에게 승리를 부탁하는 것과 같기 때문이다"며 선수들을 전쟁에 나서는 군인들에 비유하였다.

1차전은 3월 7일 오후 2시에 도쿄 신궁 경기장에서 열렸다. 경기장에는 태극기와 일장기가 나란히 펄럭이고, 며

칠째 내린 비가 그치지 않고 있었다. 일본 관중으로 가득
찬 경기장 한쪽에는 태극기를 손에 든 재일동포와 마침
요코스카 항구에 기항 중이던 해군장병 200명이 자리하여
한국 팀을 응원했다. 한국은 5:1로 일본에게 대승을 거뒀
다. 이때 한국이 득점한 5골은 한일전 역사상 최다 득점
으로 기록되었다.

3월 14일 오후 2시, 같은 장소에서 2차전이 펼쳐졌다.
한국은 전반전을 2:1로 마쳤지만, 후반전에 동점골을 허용
하며 2:2 무승부를 거뒀다. 이날 경기에도 많은 재일동포
와 해군장병들이 합동 응원전을 펼쳤다.

일본과의 예선전을 1승1무로 마친 한국은 사상 최초로
월드컵 진출권을 획득하였다. 국방부, 문교부, 서울특별시
와 대한체육회 등이 공동으로 한국축구선수단 환영준비위
원회를 구성하고, 3월 23일 귀국하는 선수단 환영대회를
개최하기로 했다. 선수들이 도착하는 서울역에 만원 관중
이 밀집하여 선수들을 열렬히 환영했다. 당시 뜨거웠던 환
영 분위기를 <동아일보> 3월 24일자 기사는 다음과 같
이 전한다. "일제의 압박 하에서 한국 축구 선수단은 수차
일본에 원정하여 일본팀을 물리친 때도 있으나 이번과 같
이 독립국가로서 이국 하늘에 태극기를 높이 걸고 승리를
외쳐본 일은 없었던 만큼 이번의 장쾌한 승리는 선수나

국민이나 할 것 없이 열광적으로 함성을 울리게 된 것이다", "우리 선수단 일행을 맞이하고자 도처에서 운집한 군중으로 서울역은 문자 그대로 인산인해를 이루었다."

일장기, 기미가요

1960년 4·19혁명으로 이승만 정권이 물러나고, 장면 정권이 등장하면서 한일관계는 변화를 맞이한다. 장면 총리는 1960년 8월, 시정연설을 통해 한일 양국 간의 외교관계를 정상화하기 위하여 양국 간의 회담 재개를 선언했다. 국가 간의 스포츠 교류는 필연적으로 정치·외교적 관계에 영향을 받을 수밖에 없다. 한일전은 이전과는 다른 양상을 예고하고 있었다.

1962년 칠레 월드컵 예선전 1차전에서 일본을 상대하게 된 한국은 1960년 11월 6일 일본과 효창운동장에서 예선전을 치렀다. 해방 후 최초로 일본팀이 방한하였다. 하지만 일본 선수들이 한국 땅을 밟기까지 우여곡절이 많았다. 경기 일주일 전에 한국 정부가 한일 양국 간의 정치적인 문제를 이유로 일본팀의 입국을 허용할 수 없다고 입장을 바꿨다가, 다시 국무회의 안건상정을 통해 일본팀의 방한을 허용하기로 번복했기 때문이다. 다만 일장기 게

양, 국가 연주는 할 수 없다는 조건을 달았다. 축구협회는 난색을 표했지만 일본 측에 양해를 구하기로 하고 조건을 받아들였다.

정부가 일장기 게양, 국가 연주를 불허한 것은 국민 정서를 고려한 조치였다. 경기장에서 일장기를 게양하고 일본 국가를 연주하면 관중들이 흥분할 것이고, 만약 경기라도 진다면 흥분한 관중이 난동을 일으킬 것이 분명하다고 정부는 설명했다(조선일보, 1960.11.06.). 대회 당일 오전에서야 정부는 대회규정대로 일장기 게양, 국가 연주를 허용하기로 정했다. 경기시작 전, 일장기가 내걸리고 일본 국가가 연주됐다.

일본 선수들은 경기가 열리기 사흘 전인 11월 3일에 한국에 도착했다. 이들은 관광을 즐기기도 했는데, 이러한 모습이 한국인들의 눈에는 곱게 비치지 않았던 모양이다. <경향신문>은 1960년 11월 4일, '감정 모르는 듯'이라는 제목의 기사에서, "일본 선수들은 아무 거리낌 없이 이 땅을 밟아가며 알맞게 물들은 한국의 단풍을 감상했으며, 다케고시 단장은 옥류천 약수를 마시면서 '이 물이 만병통치라니 대머리인 내 머리에도 털이 돋아날 것 같다'라고 축구협회 안내자에게 농담까지 던졌다"라며 그들이 한국인들의 정서를 이해하지 못한 채 행동했다고 비난했다.

한국에서 열린 첫 번째 한일전은 부상으로 한 명이 적은 10명이 싸운 한국팀의 2:1 승리로 끝이 났다. 한국은 이듬해 6월, 일본에서 열린 예선전 2차전 역시 2:0으로 승리했지만, 유고슬라비아와 최종 결정전에서 패하는 바람에 1962년 칠레 월드컵에는 출전하지 못했다.

오늘날에는 국민정서를 이유로 스포츠 경기에서 상대국의 국기 게양과 국가 연주를 금지하는 조치는 상상조차하기 어렵다. 하지만 당시는 양국이 국교를 수립하지도 않았고, 또 일제의 식민지배를 벗어난 지 불과 15년밖에 지나지 않은 때였다. 정부의 조치가 다소 과한 면이 없지는 않지만, 아예 일본 선수들의 입국을 막았던 4년 전에 비하면 오히려 크나큰 진전이었다.

한일 정기전

한일관계는 1961년 6월, 박정희가 쿠데타를 통해 정권을 잡으면서 일대 전환기를 맞이한다. 박정희는 정권의 태생적 한계를 극복하고 정당성을 확보하기 위해 경제중심주의를 표방했다. 이를 위해 일본의 앞선 기술력과 투자자본의 유치가 절실했다. 미국과의 우호적인 관계 구축을 위해서도 일본과의 관계 정상화가 필요했다. 일부의 반대와 우려에도 불구하는 박정희 정권은 1965년 12월, 일본과 정식으로 국교를 수립했다.

양국이 국교를 수립함에 따라 민간 분야에서도 교류가 본격화되기 시작했다. 스포츠 분야도 예외가 아니었다. 배구, 야구, 검도, 역도 등 다양한 종목에서 양국 스포츠 교류가 시작되었다.

이 무렵에 축구 한일 정기전에 관한 양국 축구협회 간 협의가 시작됐다. 1970년 2월, 이시동 축구협회 부회장이 일본에 가서 일본 축구협회 관계자들에게 한일 축구 정기전을 제안했다. 하지만 일본 축구계 내부 반발로 인해 무산되고 말았다. 당시 신문보도에 따르면 일본 축구협회에서 주도권을 갖고 있는 원로들의 반대에 부딪혔다고 한다 (경향신문, 1970.03.11.).

1970년 초부터 한국 축구협회가 주도하여 추진해오던 한일 축구 정기전은 1972년 3월, 일본 축구협회가 한국 측의 제안을 수락하며 드디어 합의에 성공했다. 일본은 두 나라의 우호증진과 축구발전을 위해 해마다 한일 정기전을 실시하되, 초대 대회를 1972년 9월에 일본 도쿄에서 갖자고 제안했다. 나아가 일본은 정기전을 두 나라의 가장 큰 전통적 행사로 발전시키기 위해 단순한 축구 친선경기가 아니라 공식 국제경기로 확대하자고 요청했다(경향신문, 1972.03.18.).

양국 축구협회는 한일 축구 정기전에서 대표팀 경기에 앞서 일종의 오픈경기 형식으로 양국 대학교 선발팀 간 경기를 갖기로 협의했다. 이렇게 시작한 한일 대학축구 정기전은 한일전이 중단된 1991년 이후부터 오늘날까지 '덴소컵'이라는 이름으로 명맥을 유지하고 있다.

1972년 9월 14일, 제1회 한일 정기전 경기가 도쿄에서 열렸다. 비가 내리는 가운데 열린 이 날 경기에서 한국은 후반 막판까지 2:1로 리드했지만, 종료 5초를 남겨두고 동점골을 허용하며 2:2 무승부를 기록했다.

제2회 정기전은 1973년 6월 23일, 서울운동장(동대문운동장)에서 개최됐고, 한국이 2:0으로 승리했다.

1974년 9월 28일, 도쿄에서 열린 제3회 정기전은 역대 축구 한일전 역사상 가장 큰 점수 차로 패한 경기로 기록되었다. 한국은 일본에게 4골을 내주고, 4:1로 패했다. 한국 언론들은 '치욕의 한국 축구(경향신문)', '침몰한 한국 축구(동아일보)' 등의 제목으로 참패 소식을 전하고, '연이은 참패 그 원인을 살핀다(경향신문)', '한국축구 어떻게 살려야 하나(동아일보)' 등의 특집기사를 냈다.

한국 축구가 되살아난 걸까. 한국은 이듬해인 1975년 9월, 동대문운동장에서 열린 제4회 정기전에서 3:0으로 일본을 꺾고 지난 대회의 패배를 설욕했다. 1975년은 한일 수교 10주년을 맞이하는 해였다.

1976년, 1977년 정기전 모두 한국이 2:1로 승리했다. 1978년 정기전은 개최되지 않았다. 아마도 일본팀의 바쁜 일정으로 인해 정기전이 열리지 않았던 것으로 보인다. 당시 언론보도에 따르면, 일본 대표팀의 니노미야 히로시 감독은 "아시아 지역축구대회에서 결과가 나쁜 것은 문제가 아니다. 모스크바 올림픽에서 좋은 성적을 내는 것이 목표"라며 영국, 독일, 스페인 등 유럽 지역에서 전지훈련과 평가전 등을 치렀다(동아일보, 1978.07.20.).

일본 축구협회는 유럽 전지훈련 등을 통해서도 대표팀이 국제무대에서 별다른 성과를 내지 못하자 니노미야 히로시 감독을 경질하고, 새로운 감독을 선임했다. 한일 양국은 1978년에 정기전을 치르지 못했던 게 아쉬웠던지 1979년 정기전은 사상 최초로 2회에 걸쳐 실시하기로 합의했다.

1979년 1차 정기전은 3월 3일, 도쿄에서 치러졌다. 한국이 2:1로 패했는데, 한국인들은 경기 결과보다 일본이 보여준 무례한 행태에 더 분노했다. 원정팀을 존중하는 의미에서 원정팀의 국가를 먼저 연주하는 국제관례를 깨고, 경기에 앞서 일본 국가를 먼저 연주했기 때문이다. TV로 중계방송을 시청하던 한국인들은 분통을 터뜨렸다.

2차 정기전은 6월 16일, 서울운동장(동대문운동장)에서 펼쳐졌다. 경기 전 국가 연주 순서를 놓고 의견이 분분했다. 축구협회는 긴급 상임이사회를 열고, 논의 끝에 일본 국가를 먼저 연주하기로 결정했다. 경기가 시작되기 전 장내 아나운서는 "관중 여러분, 국제관례와 우리의 아량을 보여주기 위해 입장식에서 일본 국가를 먼저 연주하게 되었다"고 안내 방송을 통해 관중들의 양해를 당부했다(동아일보, 1979.06.18). 우려와는 달리 일본 국가가 연주되는 동안 경기장은 조용했다. 야유하는 관중조차 없었다. 경기는 한국이 4:1로 대승을 거뒀다. 선수들도 이기고, 관중들도 이겼다. 완벽한 승리였다.

1980년 정기전은 다음 해로 미루기로 양국이 합의했다. 1981년 정기전은 3월 8일, 도쿄에서 개최됐다. 박성화, 조광래, 정해원 등을 앞세운 한국팀이 2년 만의 정기전을 1:0 승리로 장식했다.

1982년 정기전은 특별한 의미를 지닌 대회로 기억된다. 한일 정기전을 시작한 지 10주년이 되는 해에, 일본과의 88올림픽 유치 경쟁이 끝난 직후에 펼쳐진 경기였기 때문이다. 88올림픽 개최지를 두고 일본의 나고야와 경쟁하던 서울은 1981년 9월 30일, IOC 총회에서 52대 27이라는 압도적인 표차로 이겼다. 올림픽 개최지 선정에서 한일전으로 맞붙은 양국은 6개월 후인 1982년 3월 21일, 축구 정기전에서 다시 만났다. 결과는 한국이 3:0으로 승리했다. 올림픽 개최지 경쟁에서도 이기도 축구도 이겼다.

1982년 정기전이 끝난 지 얼마 되지 않아 양국관계는 이른바 교과서파동으로 인해 경색 국면으로 빠져든다. 일본은 역사 교과서를 개정하면서 자신들의 침략 사실을 숨기고 일본이 정상국가로 전환되어야 한다는 논리를 폈다. 국제사회의 빗발치는 비난에 못이긴 일본이 교과서 왜곡 시도를 철회하기로 했지만, 성난 한국인들의 반일 감정은 극에 달했다.

경색되었던 한일관계는 1982년 11월, 나카소네 총리가 취임하며 새로운 전기를 맞이한다. 나카소네 총리가 이듬해인 1983년 1월, 일본 총리로서는 처음으로 한국을 국빈 방문한 것이다. 이로부터 2개월 후 일본 도쿄에서 축구 한일전이 열렸다. 경기는 1:1 양팀의 무승부로 끝이 났다.

1984년 9월에는 헌정사상 최초로 한국 대통령의 방일이 이루어졌다. 그 무렵 잠실 올림픽 주경기장이 개장을 앞두고 있었다. 축구협회는 개장경기로 한일 정기전을 택했다. 일본 총리의 방한과 이어진 한국 대통령의 방일로 한일관계에 모처럼 훈풍이 부는 가운데, 올림픽 주경기장

개장을 기념하는 한일전을 보기위해 5만여 관중이 모였다. 경기장 분위기는 축제장처럼 들떴다. 하지만 결과는 한국의 2:1 패배. 역사적인 경기에서 패배한 한국 선수들에게 관중들은 야유를 쏟아냈다. 한일전은 한일전이었다.

1985년과 1986년 정기전은 1986년 멕시코 월드컵 예선 및 본선 일정 등으로, 1987년 정기전 역시 88올림픽 준비 등으로 개최되지 않았다.

1984년 정기전 이후 4년 만에 열린 정기전은 1988년 10월 26일, 일본 도쿄에서 치러졌다. 한국은 88올림픽 조별예선을 탈락하자 김정남 감독이 자진사퇴했고, 감독 없이 김호곤 코치가 선수들을 이끌고 경기에 나섰다. 전반전에 최순호 선수가 득점하여 1:0으로 승리했다.

1989년 5월 5일, 어린이날에 동대문운동장에서 열린 정기전은 같은 해 5월 30일부터 시작될 1990년 로마 월드컵 지역예선을 앞둔 평가전의 성격을 띠었다. 한국은 15개의 슈팅을 쏟아 부으며 경기를 지배했지만 극심한 골 결정력 부재를 드러내며 가까스로 1:0으로 승리했다.

1990년 정기전은 양측의 일정이 맞지 않아 개최되지 않았다. 1991년 정기전은 7월 27일, 나가사키현 종합운동장에서 치러졌다. 최순호의 결승골에 힘입어 한국이 1:0으로 승리했다.

한일 정기전은 1991년 대회를 끝으로 역사 속으로 사라졌다. 1972년부터 시작된 정기전에서 양 팀은 모두 15번 맞붙었고, 한국이 10승2무3패를 기록하며 압도적인 우위를 점했다.

한일 정기전 중단에 관한 축구협회 간 논의 과정이나 내용에 대해선 알려진 바가 없다. 당시 정기전을 갖지 못할 정도로 한일관계를 악화시킨 외교적인 이슈가 없었기 때문에 중단 배경에 정치·외교 등 외부적인 요인이 작용하진 않았다. 일부에서는 일본의 잦은 패배에 따른 일본 내부의 부정적 여론을 의식한 조치라던가, 반대로 90년대 들어 한국 축구를 넘어섰다는 일본 측의 판단 때문이라고 주장한다. 이들 모두 정기전의 중단 책임이 일본 측에 있다는데 의견을 같이 한다.

그런데 한일 정기전 중단은 정치·외교적인 요인이나 일본 측의 일방적인 요구 때문이 아니라 그 무렵에 진행됐던 다이너스티컵 국제축구대회 창설이 직접적인 이유로 보인다. 한국, 일본, 중국, 북한 또는 홍콩 1부리그 선발팀이 겨루는 다이너스티컵 대회가 1990년부터 1998년까지 개최되면서, 한일 양국만의 정기전은 의미가 줄어들 수밖에 없었다. 1990, 1992, 1995, 1998년에 걸쳐 4회 치러진 대회에서 중국이 2회, 홍콩과 일본이 각각 1회 우승했고, 한국은 준우승만 두 차례 차지했을 뿐 우승과는 인연이 닿지 않았다.

정기전은 중단했지만 축구 교류마저 맥이 끊긴 게 아니어서 양국 협회는 정기전 부활에 관한 논의를 지속했는데, 주로 한국 축구협회가 이를 주도했다. 이에 양국이 몇 차례 친선경기를 갖기도 했지만, 예전처럼 정기전으로 정착하지 못하고 일회성 이벤트 경기에 그쳤다. 마지막 정기전을 가진 1991년 이후부터 2021년까지 10차례 친선경기를 가졌고, 한국이 4승3무3패를 기록하며 양 팀이 호각세를 이루고 있다. 특히 2011년과 2021년에 펼쳐진 최근의 친선경기는 모두 한국이 3:0으로 패하면서 높아진 일본 축구의 수준을 절감하게 했다.

일본 축구는 90년대 들어 두드러지게 약진했다. 이미 90년대에 피파(FIFA)랭킹이 한국을 앞섰다. 피파랭킹이 축구 실력을 정확히 반영한다고 볼 수 없을지언정 국제적으로 일본 축구의 수준을 한국보다 높게 평가하는 경향이 생겨났다.

일본 축구의 성장 배경으로 축구 인프라 확충, 유소년 축구 투자 등을 꼽을 수 있다. 90년대 한국 골문을 위협했던 미우라 가즈요시, 나카타 등의 활약을 기억하는 한국 축구팬들 일부는 일본 선수들의 조기 축구유학을 가장 큰 발전 요인으로 꼽기도 하는데, 이는 사실과 다르다. 미우라 가즈요시의 경우 고교를 중퇴하고 브라질에 건너갔다. 90년대 일본에서 축구 유학이 유행한 적이 있지만 일본 축구협회가 주도한 게 아니라 사설 유학 알선업체에 의해 이루어졌다. 90년대에 한국은 80여개 불과했던 협회 등록된 고교 축구팀이 일본은 4천여 개가 넘었다. 93년에 출범한 일본의 J리그는 안정적으로 정착하며 큰 인기를 얻었다. 두터운 선수층과 좋은 경기장, 그리고 자국 리그의 성공. 일본 축구의 성장 동력은 여기에 있다.

경쟁자, 그리고 동반자

88올림픽 유치 경쟁에서 맞붙었던 한국과 일본은 90년대 초반, 2002년 월드컵 유치를 두고 다시 경쟁자로 만났다. 1987년, 국제축구연맹(FIFA)과 아시아축구연맹(AFC)은 2002년 월드컵을 아시아 지역에서 개최하기로 합의했다. 그동안 유럽과 아메리카 대륙에서만 열렸던 월드컵을 다른 대륙에서도 개최할 필요가 있다는 국제적 공감대가 형성되었기 때문이다.

월드컵 유치 경쟁에 먼저 뛰어든 건 일본이었다. 일본은 1989년 국제축구연맹(FIFA)에 월드컵 개최 의사를 밝히고, 1991년 월드컵 유치위원회를 발족하며 본격적인 유치 활동에 나섰다.

반면에 한국은 1993년, 정몽준 씨가 축구협회에 취임하면서부터 월드컵 유치에 발동을 걸었다. 일부 언론은 정몽준 씨가 2002년 월드컵 유치를 공약으로 내걸고 축구협회장이 됐다고 보도했는데, 이는 사실이 아니다. 정몽준 씨가 2002년 9월에 어느 언론사에 기고한 글에 따르면, 1993년 1월에 협회장으로 취임하고 나서야 2002년 월드컵이 아시아 지역에서 열린다는 소식을 접했다고 한다. 오히려 월드컵 유치는 1993년 2월에 취임한 김영삼 대통령의 선거 공약이었다. 정부는 월드컵 유치활동 지원을 약속하고, 그해 12월 이홍구 씨를 월드컵 유치위원장으로 선임한다.

이때까지도 월드컵 유치에 대한 국민적 관심이 낮았고, 한국보다 이른 시기에 유치 활동을 시작한 일본에 비해 국제적 지지도 약했다. 하지만 1993년 10월, 카타르의 수도 도하에서 열린 1994년 미국월드컵 최종예선전에서 반전의 계기를 만들었다. 한국이 일본을 제치고 극적으로 월드컵 진출권을 획득해낸 것이다. 한국에겐 '카타르의 기적', 일본에겐 '도하의 비극'이었다.

한국이 미국 월드컵 본선에 진출하면서 2002년 월드컵 유치에 대한 국민적 관심이 높아졌다. 또한 일본의 사상 최초 월드컵 본선 진출이 좌절되면서, "월드컵에 한번도 출전해본 적이 없는 나라가 월드컵을 개최할 수 없다"는 주장에 힘이 실렸다.

한국은 이듬해인 1994년 3월, 월드컵유치위원회를 정식으로 발족했다. 또한 같은 해 5월, 정몽준 회장이 아시아 지역을 대표하는 국제축구연맹(FIFA) 부회장으로 선출되었다. 아울러 7월에는 국제축구연맹(FIFA)에 월드컵 유치 희망서를 정식 제출했다.

한일 양국의 유치경쟁이 한창 치열하게 진행 중이던 1994년, 양국이 월드컵을 공동으로 개최하자는 주장이 일본 측에서 먼저 나왔다. 정몽준 씨의 기고문에 따르면, 1994년 도쿄에서 한승주 외무장관을 만난 고노 일본 외상이 공동개최를 제의했다고 한다. 그러나 공동개최론은 국내 여론의 거센 반발을 받게 되었고, 일본 내에서도 부정적인 여론이 확산되어 무산되었다. 정몽준 씨는 "총론은 우리가 월드컵을 개최하는 것이고, 차선책으로 공동개최도 할 수 있지만, 단독개최든 공동개최든 확실한 지지 세력을 확보하는 일이 중요했다"고 회고했다.

한일 양국이 논의 과정 중에 취소했던 공동개최를 적극 추진한 것은 아시아축구연맹(AFC)이었다. 아시아축구연맹은 1996년 3월, 공동개최를 촉구하는 서한을 각 대륙별 집행위원들에게 발송했다. 아시아축구연맹은 "한일 모두 월드컵 유치능력이 있는 상황에서 한쪽으로 개최가 결정될 경우 유치에 실패한 나라는 축구 발전에 심각한 타격을 받게 될 뿐만 아니라 양국관계도 악화될 수 있다"며 공동개최 필요성을 역설했다(한겨레신문, 1996.04.28.). 유럽축구연맹(UEFA)은 같은 해 5월, 집행위원 모임을 갖고 공동개최 결의안을 채택했다.

국제축구연맹(FIFA) 아벨란제 회장은 노골적으로 일본 개최를 지지하며 공동개최를 거부하고 단독개최를 주장하고 있었다. 국제축구연맹(FIFA)의 개혁과 공동개최를 주장하는 요한손 유럽축구연맹(UEFA) 측과 아벨란제 회장 측이 대립 양상을 보이는 가운데, 1996년 5월 31일 국제축구연맹(FIFA) 집행위원회에서 공동개최안이 정식안건으로 상정되어 한일 공동개최가 확정되었다.

2002년 월드컵 공동개최가 확정되었지만, 한일 양국은 월드컵 명칭, 개막전과 결승전 개최 장소 등을 두고 또다시 치열하게 경쟁했다. 특히, 월드컵의 하이라이트라 할 수 있는 결승전을 유치하기 위한 양국의 경쟁이 치열했다. 이에 피터 벨라판 아시아축구연맹(AFC) 사무총장은 "결승전은 단판승부보다는 승부차기를 피할 수 있도록 한국과 일본에서 한 번씩 결승리그로 치르자"고 주장했다. 반면에 요한슨 유럽축구연맹(UEFA)은 "결승전 개최장소를 추첨으로 결정하는 것이 바람직하며 만약 추첨으로 결정하지 않는다면 개막전과 결승전을 양국에서 하나씩 치르자"고 제안했다(동아일보, 1996.07.02.).

결국 1996년 11월 7일, 국제축구연맹 부회장, 한국 축구협회장, 일본 축구협회장 등이 참석한 가운데 열린 국제축구연맹(FIFA) 실무위원회에서 결승전은 일본에서 개최하기로 합의했다. 대신에 대회명칭을 KOREA-JAPAN으로 표기하고, 개막식과 개막전을 한국에서 치르기로 했다. 또한 대회 직전 열리는 국제축구연맹 총회를 한국에서 유치하기로 했다.

한국의 김영삼 대통령과 일본의 하시모토 총리는 월드컵 공동개최가 결정된 직후 전화통화를 통해 월드컵의 성공 개최를 위해 양국이 긴밀하게 협력하기로 약속했다. <매일경제>1996년 6월 2일자 기사에 따르면, 김영삼 대통령은 "한일 공동개최 결정은 양국의 우호관계를 생각할 때 뜻있는 결정으로 받아들인다", "양국이 이웃나라로서 우호와 친선의 정신으로 협력한다면 역사상 가장 성공적인 대회로 만들 수 있다"고 말했다. 하시모토 일본 총리는 "한일 두 나라가 결승전에서 만나 좋은 승부를 가리게 되길 기대한다", "한국은 축구 강국이기 때문에 결승전에 진출할 가능성이 있지만 일본은 그렇지 못한 만큼 일본도 실력을 향상시키기 위해 노력하겠다"라고 했다.

2002년 한일 월드컵에서 한국과 일본은 높은 대회 운영 수준을 보여주며 월드컵 공동개최를 성공으로 이끌었다. 21세기에 들어 처음으로 열린 한일 월드컵은 역사상 최초로 유럽이나 아메리카 대륙을 벗어난 장소에서, 최초로 두 나라가 공동개최한 대회로 기록되었다.

축구에 있어서 한국과 일본, 두 나라의 긴밀한 협력관계는 세계적으로 유례를 찾기 어려울 정도다. 정기전이라는 이름으로 10년 이상 정례적인 친선경기를 가졌고, 월드컵이라는 세계 최고 권위의 축구대회를 함께 치러냈다. 경기에 임할 때면 어떤 팀보다 강한 경쟁심을 갖고 상대해야할 대상이자 한편으로는 누구보다 각별한 동반자였다.

1998년 프랑스월드컵 아시아 지역 최종예선에서 일본을 만나 한국의 이민성 선수가 역전골을 성공시키자 당시 중계 아나운서가 "후지산이 무너집니다"라고 외쳤다. 일본축구를 무너지는 후지산에 비유한 이 멘트는 한국 축구팬들 사이에서 크게 화제가 되었다. 하지만 후지산은 무너진 적이 없고, 일본축구 역시 건재하다. 한일 축구 교류는 특수한 한일관계에 있어서 정치·외교적 산물이기도 하지만,

때로는 꼬여버린 양국 관계의 매듭을 풀어주는 매개채로
서도 역할을 했다. 2019년 한일 무역분쟁 이후 갈등이 고
조되고 있는 한일관계에 있어 축구가 양국 소통을 위한
물꼬를 틔우길 기대한다.

2010년 동아시안컵에서 맞대결한 한일 축구 대표선수들　ⓒwikipedia

6. 축구장에서 만난 남과 북
_ 남북 축구 교류의 역사

경평 축구 대항전

남과 북이 갈라선 지 70년이 지났다. 휴전선을 사이에
두고 총칼을 맞대고 있지만, 남북은 끊임없이 교류해왔다.
특히, 스포츠를 비롯한 사회문화 영역에서의 교류는 다른
분야에 비하여 정치적 부담이 적고, 사회적 갈등을 유발할
가능성이 낮기 때문에 지정학적 환경 변화에 따라 그 정
도와 빈도를 달리했을 뿐 지속되었다. 그중에서도 축구는
선수들의 직접적인 신체접촉과 대규모 관중들의 응원을
동반하기에 남북 스포츠 교류의 상징적인 종목이다.

남북 축구 교류의 역사는 일제 강점기에 열렸던 경성
(서울)과 평양의 축구 정기전, 이른바 경평 축구 대항전으
로 거슬러 간다. 일제 강점기에 평양은 경성에 이어 제2
의 도시였지만 축구에 있어서는 중심지였다. 1921년에 평
양 기독교청년회가 전조선축구대회를 열고, 1925년에는

평양에서 관서체육회가 발족했다. 한양대 이종성 교수의 연구성과에 따르면, 평양 지역의 축구 발전은 일제 강점기 이 지역에 빠른 속도로 전파된 기독교와 상공업의 발전이 영향을 주었다고 한다.

관서지방의 지역주의 역시 평양 지역의 독특한 축구 문화를 형성하는데 한몫했다. 평안도를 비롯한 관서지방은 조선시대부터 중앙 정계에서 차별받고 소외되었다. 관서지방이 남부지역에 비해 성리학과 사족 중심의 문화가 성숙하지 못했다는 이유 때문이었다. 이러한 역사적 경험은 관서지역 사람들이 기호지역에 대한 부정적인 지역감정을 갖게 만들었다. 평양과 경성의 축구팀이 맞붙는 경평 축구전은 평양의 발전된 축구 문화와 관서지방 특유의 지역감정이 결합하여 만들어낸 한국 최초의 지역 더비였다.

1929년 10월, 조선일보가 주최하고 조선체육회가 후원하는 제1회 경평 축구 대항전이 휘문고보(오늘날 휘문고교) 운동장에서 개최됐다. <조선일보>는 1929년 10월 8일자 사설을 통해 "(축구는) 비교적 경소한 경비로 가장 용장한 대항경기를 할 수 있고, 동시에 많은 관중에게 심대한 흥미를 줄 수 있다", "경성, 평양 양대도시의 동포적 친선을 꾀하는 점으로 매우 필요하다"며 대회를 개최하는 의의를 밝혔다. 제1회 경평 대항전은 3회전으로 치러졌다.

1회전은 1:1로 양 팀이 비겼고, 2회전과 3회전은 4:3, 4:2
로 모두 평양팀이 승리했다.

제2회 경평 대항전은 1930년 11월에 경성운동장에서
열렸다. 이 대회 역시 3회전으로 치러졌다. 1차전은 경성
이 3:2로 승리, 2차전과 3차전은 5:3, 5:1로 모두 평양팀
이 이겼다. 조선일보사가 주최한 대항전은 이 대회가 마지
막이었다. 조선일보사는 1930년 대회 이후로 더 이상 경
평 대항전을 주최하지 않았는데, 그 이유에 대해서는 명확
히 알려진 바가 없다.

경평 대항전이 중단된 지 3년 만인 1933년, 경성과 평
양에서 각기 축구단이 창단됐다. 1월에 평양 축구단이 먼
저 창단되고, 이어서 5월에 경성 축구단이 만들어졌다. 이
전까지는 대회 직전에 선수들을 선발해서 팀을 급조하고
대회 개최를 제3자라 할 수 있는 조선일보사가 주관했지
만, 두 지역에 상설 축구단이 창설됨에 따라 선수 구성 및
대회 운영을 두 팀이 공동으로 맡게 되었다(동아일보,
1933.10.08.).

1933년부터 재개된 경평 축구 대항전은 1935년 대회를
끝으로 중단됐다. 경성과 평양은 이듬해인 1936년에 전조
선 도시대항 축구대회에서 다시 만났다. 전조선 도시대항
축구대회는 여운형 선생이 대표로 있던 <조선중앙일보>

가 주최하는 대회로 10개 도시가 참가하여 '십(十) 도시 대항 축구전'이라는 이름으로 1936년 4월에 열렸다(조선일보, 1936.04.26.). 조선일보사가 일제 탄압에 의해 폐간 위기에 몰리면서 대회 운영에 어려움을 겪기도 했지만 중단 없이 1942년까지 이어졌다. 평양은 이 대회에 빠짐없이 참가했다.

1942년 이후 일제가 태평양전쟁을 일으키며 구기종목 운동 금지 정책을 펴자 대회가 줄줄이 취소되어 경성과 평양은 축구장에서 만나지 못했다. 경성과 평양 축구팀은 해방 이후 1946년 3월 서울에서 다시 모였다. 이때는 축구뿐만 아니라 농구 종목도 함께했다. 그래서 경기 이름도 '경평축농구전'이라 했다(동아일보, 1946.03.22.).

경성과 평양, 경평이 맞붙었던 경평 축구전은 이후 남북 분단 상황과 맞물려 역사 속으로 사라졌다. 경성을 대표하던 선수는 남한선수, 평양을 대표하던 선수들은 북한선수가 되었다. 경평 대항전은 사라지고, 남북 대결만 남았다. 남북 분단은 축구마저 둘로 쪼갰다.

Again, 1966

세계축구 무대의 문을 먼저 두드린 건 남한이었다. 정부 수립 이전이었던 1948년 런던 올림픽 출전을 시작으로, 1954년 월드컵 본선에 진출했고, 1956년과 1960년 아시안컵에서 연달아 우승했다.

1950년대 남한이 세계무대를 누비며 활발하게 활동한데 반해 북한 축구는 모습을 찾아볼 수 없었다. 해방 이전에 평양을 중심으로 전국 규모의 축구대회가 열렸고, 평양·함흥 등 북한 지역 축구팀들이 도시 대항 축구대회 등에서 좋은 성적을 거뒀던 점을 미뤄볼 때, 당시 북한 축구 수준은 상당했을 것으로 짐작된다. 그런데도 세계무대에서 북한 축구를 볼 수 없었던 까닭은 한국전쟁 이후 체제 정비 등 국제대회 참가가 어려웠던 내부사정도 있었겠지만, 국제 스포츠계에서 북한의 국가적 지위가 낮았기 때문이다.

사실 북한은 1952년 헬싱키 올림픽 참가를 시도한 적이 있다. 하지만 "올림픽위원회에 가입하지 않았다"는 이유로 국제올림픽위원회(IOC)로부터 거부당했다. 반면에 남한은 1948년 국제올림픽위원회에 대한올림픽위원회(KOC)라는 이름으로 올림픽위원회를 인준받았다. 북한은 1956년 멜버른 올림픽 참가를 위해 그해 3월, 국제올림픽위원회에 인준을 요청했지만 받아들여지지 않았다. 한 국가에 두 개의 올림픽위원회를 인정할 수 없다는 이유에서였다. 이른바 '1국가 1NOC' 원칙이다.

만약에 북한이 먼저 국제올림픽위원회(IOC)에 인준을 받아 가입했더라면 남한 역시 북한과 같은 입장에 처할 뻔했다. 북한이 올림픽에 출전할 수 있는 유일한 방법은 남한과 단일팀을 구성하는 것뿐이었다. 북한은 줄기차게 국제올림픽위원회(IOC) 가입을 요청했고, 결국 소련을 비롯한 공산권 국가들의 지원을 받아 1962년 6월 5일 국제올림픽위원회(ICO)의 승인을 받았다.

국제축구연맹(FIFA) 가입 역시 북한이 남한보다 10년이나 뒤졌다. 남한은 1947년에 가입했지만, 북한은 1958년에서야 가입했다. 아시아축구연맹(AFC)도 남한은 1954년 창립멤버로서 가입했지만 북한은 1970년대 들어서야 회원국이 되었다.

북한 축구가 본격적으로 세계무대에 나선 건 1960년대 들어서다. 1964년 도쿄 올림픽 지역예선을 통과한 북한은 본선에서 헝가리, 유고슬라비아, 모로코와 한조로 편성되었다. 하지만 북한은 올림픽 개막을 하루 앞두고 불참을 선언했다. 1963년 가네포(GANEFO)라고 불리는 신흥국 경기대회에 참가했던 북한 선수들의 올림픽 참가를 금지시킨 국제올림픽위원회(IOC) 조치에 대한 반발이었다.

1964년 도쿄 올림픽 출전을 포기했던 북한 축구는 그로부터 2년 뒤인 1966년 잉글랜드 월드컵에서 깜짝 놀랄만

한 모습으로 세상에 등장했다. 이탈리아를 조별 탈락시키고 8강에 오른 것이다.

1965년 북한이 월드컵 지역예선에 참가한다는 소식을 접한 남한 축구계는 비상이 걸렸다. 남북 분단 이후 한 번도 상대해 본 적이 없는 북한과 지역예선전에서 맞붙게 되었기 때문이다. 서로가 치열하게 체제 경쟁을 벌이던 때라서, 만약 축구 경기에서 지게 된다면 어느 쪽이든 치명적인 타격을 입을 수밖에 없었다. 한일전과는 차원이 다른 부담감이었다.

먼저 꼬리를 내린 건 남한이었다. 남한은 월드컵에 출전한 선수는 아마추어 자격을 상실해 올림픽에 출전할 수 없다는 국제축구연맹(FIFA) 통고를 이유로 월드컵 출전을 포기했다(동아일보, 1965.04.05.). 하지만 이는 표면적인 이유였을 뿐, 남한보다 앞선 전력을 보유한 북한과의 맞대결을 피해야 한다는 정치적 판단 때문이었다. 대한축구협회는 『한국축구 100년사』에서 "이때 한국팀의 객관적인 전력은 북한보다 훨씬 뒤처져 있었다. 이러한 행동은 스포츠맨으로서 부끄러운 일이었으나 정치 논리에 의해 협회는 아무 말도 못하는 형편이었다"고 밝혔다. 남한은 월드컵 불참에 따라 국제축구연맹(FIFA)으로부터 5천 스위스프랑(1,100달러)의 벌금을 납부하라는 징계를 통고받았다(동아일보, 1966.01.06.).

반면에 북한은 남한과의 맞대결에 자신감을 내비쳤다. 1966년 4월, 월드컵 본선 출전을 3개월여 앞두고 서울 또는 평양에서 축구경기를 갖자고 남한에 제의했다(경향신문, 1966.04.01.). 북한과의 맞대결을 피하기 위해 월드컵 아시아 지역예선까지 포기했던 남한 정부가 이를 수용할 리 없었다.

아시아 지역예선에서 호주를 6:1, 3:1로 대파하고 본선 진출권을 획득한 북한은 월드컵 본선에서 소련, 이탈리아, 칠레와 한 조를 이뤘다. 소련에 3:0으로 패한 북한은 이어진 칠레와의 경기에서 1:1 무승부를 기록했다. 조별리그 마지막 경기 상대는 1934년과 1938년 월드컵 우승기록을 갖고 있는 세계적 강호 이탈리아였다. 북한은 이탈리아 선수들의 뛰어난 신체조건, 기술에 밀려 고전했지만 박두익 선수의 골로 1:0으로 승리하며 이탈리아를 따돌리고 8강에 진출했다. 이 경기는 2018년 영국의 일간지 데일리메일이 선정한 역대 월드컵 이변 4위로 선정됐다(참고로, 2위는 2018년 한국이 독일을 2:0으로 꺾은 경기).

월드컵에서 북한의 선전으로 남한은 자존심을 구겼다. 일부 남한 언론은 북한 선수단에 대해 냉소적인 평가를 내놓기도 했다. <조선일보> 1966년 7월 22일자 기사는,

"북한 축구팀은 이 대회를 위해 국내에서 여러달 동안 준비했을 뿐 아니라 영국에 와서도 가능한 짓을 다했다", "그들 자신은 물론 모든 상대팀들의 경기광경도 필름에 담았다. 그들은 3천 파운드라는 엄청난 금액을 들여 숙소인 달링턴에서 카메라와 관계기구를 구입했고, 필름을 위해서도 수백 파운드가 소비되었다"라고 전했다. <동아일보> 1966년 7월 11일자 기사에선, "북한 선수단은 매일 식사에 1kg도 넘는 고추를 소비하여 호텔 관계자들을 질리게 하고 있다"고 했다.

북한과 체제 경쟁을 벌이던 남한의 박정희 정권은 다급해졌다. 남한 축구가 북한을 넘어서기 위해서는 정권이 집적 나서야겠다고 판단했다. 그리하여 1976년 3월, 중앙정보부가 주도하여 양지(陽地)라는 이름의 축구단을 창설했다. "음지에서 일하고 양지를 지향한다"는 중앙정보부의 부훈에서 따온 이름이었다.

대한축구협회의 『한국축구 100년사』에 따르면, 양지축구단은 군입대 대상 연령에 해당하는 우수 선수들을 스카우트해서 정보부 내에 있는 합숙소에 모아두고 훈련을 시켰다. 식사는 정보부 고위간부들의 전용식당을 이용했고, 실업팀 선수 못지않게 넉넉한 보수를 챙겨줬다고 한다. 양지축구단은 국내 각종 대회를 휩쓸며 최강팀으로 성장했고, 소속선수들은 국가대표팀의 주축으로 활약했다. 1969 년 5월부터 같은 해 8월까지 유럽 전지훈련에 나서 유럽 팀을 상대로 15승8패3무의 전적을 기록하기도 했다(동아 일보, 1969.08.22).

양지축구단은 1970년 3월 18일, 창단한 지 3년 1개월 여 만에 해체했다. 일부 소속선수들이 다른 팀으로 이적하 여 전력이 약화되고, 축구협회가 청룡·백호팀으로 국가대 표 상비군 체제를 정비하기로 했기 때문이다. 권형달 양지 축구단 단장은 "북괴와의 대결에서 승리하고 세계정상을 다짐하는 축구협회의 목표가 바로 양지팀의 창설 목표와 같아 굳이 양지팀 유지가 필요 없어 해산하게 되었다"라 고 이유를 밝혔다(조선일보, 1970.03.19.). 양지축구단이 존속하는 동안 북한과의 맞대결은 성사되지 않았다.

양지축구단은 비록 정치적인 목적을 위해 정부 주도로 창설된 축구단이었지만 우수선수 발굴, 훈련여건 개선, 유 럽 전지훈련을 통한 선진축구 경험 등을 통해 남한 축구 발전에 큰 영향을 끼쳤다.

북한이 이탈리아를 누르고 월드컵 8강에 오른 지 36년 이 지난 2002년 6월, 대전월드컵 경기장 관중석에 'Again 1966'라는 카드섹션이 펼쳐졌다. 한국과 이탈리아의 16강 경기가 있던 날이었다. 북한이 1966년 잉글랜드 월드컵에서 그랬던 것처럼 한국이 이탈리아를 꺾고 8강에 오르길 희망한다는 응원 문구였다. 이탈리아 선수단은 북한과는 별개의 독립국가인 한국이 자신들의 월드컵 '흑역사'를 들춰내는 문구로 카드섹션을 펼치자 불편한 기색을 감추지 않았다. 'Again 1966'라는 응원문구는 한국인들이 북한에 대해 갖는 동족의식과 더불어 남북의 역사공유 인식을 보여준다. 이탈리아에게는 미안하지만, 우리에겐 이상할 것 없는 응원문구였다.

첫 만남

북한은 1974년 9월, 이란 테헤란에 열린 아시안게임에 최초로 출전했다. 남북 축구의 첫 만남이 성사될 가능성이 높았다. 그런데 1974년은 남북관계가 최악으로 치닫던 해였다. 같은 해 8월 서울에서 육영수 여사가 권총탄에 맞아 사망하는 사건이 발생했는데, 범인 문세광이 북한 공작원으로 활동하던 재일교포로 알려져 대북 감정이 극도로 악화되었기 때문이다. 남한 축구계는 육영수 여사 저격사건 직후 갖게 되는 북한과의 맞대결 결과에 무거운 부담감을 가질 수밖에 없었다.

15개국이 참가한 이 대회 1차리그 조편성에서 남한은

다행스럽게도(?) 북한을 피했다. 문제는 1차리그 마지막 상대였던 쿠웨이트와의 경기였다. 만약 쿠웨이트를 이기면 2차리그에서 북한과 같은 조에 편성될 게 확실했다. 남한은 쿠웨이트에 4:0으로 무기력하게 패했다.

우승후보로 꼽히던 남한 축구가 쿠웨이트에 힘없이 무너지자 일부에서는 북한과의 맞대결을 피하기 위해 일부러 졌다는 의혹을 제기했다. <조선일보> 1974년 9월 8일자 기사에서, "한국 기자들은 일본, 이란, 이스라엘 기자들이 끈질긴 질문공세를 퍼붓는 틈에 진땀을 뺏으며 대답할 말이 없어 우물쭈물 할 수밖에 없었다"고 했다. 이어 "코칭스텝은 쿠웨이트에 진 것은 '작전상의 패전'이었다고 변명했다. 그 이유는...(중략)...준결승리그에서 남북대결을 피하기 위해서였다는 것(조선일보, 1974.09.15.)"라고 고의 패배를 기정사실화했다.

하지만 일부 언론은 "준결승에서 북괴와의 대결을 피하기 위해 고의로 패배했다는 설에 대해서도 한 골 차이로 나 졌으면 그런 변명이 통했을 것"이라며 고의로 졌다고 해도 4:0은 너무 큰 점수 차이였다고 꼬집었다(조선일보, 1974.09.08.). 또한 "작전이라기엔 졸렬하고 비겁하기 그지없는 작전이다. 아마추어 스포츠는 최선을 다한 뒤 겸허하게 결과를 기다리는데 보람과 값어치가 있는 것이다",

"국민들은 설사 다른 종목에서 지는 한이 있어도 축구에서의 남북대결 만은 꼭 승리해야 한다는 것이 여망이었다. 그런데도 대한축구협회는 승리의 여망에 찬물을 끼얹었다"(조선일보, 1974.09.15.)라며 대표팀을 신랄하게 비판했다.

그렇다면 남한이 비난 여론을 감수하면서까지 '작전상의 패전'을 통해 그토록 대결을 피하고자 했던 북한 축구의 실력은 어땠을까? 아시안게임 주최국인 이란은 1966년 월드컵에서 8강에 오른 북한을 가장 강력한 대회 우승후보로 꼽았다. 하지만 막상 뚜껑을 열어보니 북한 축구의 실력은 예전만 못했다. 본선 2차리그에서 이라크에 패하고, 말레이시아와의 3·4위전에서도 패했다. 북한이 예상보다 약한 전력을 보이자 남한 언론은 "북한 축구팀은 런던 월드컵 이후 세대교체를 거치는 단계여서 그런지 그때에 비하면 현저히 전력이 약화되어 우리 팀이 정상적인 컨디션만 유지했다면 능히 격파할 수 있는 상대였다(동아일보, 1974.09.20.)"고 평가했다.

남북 축구의 첫 만남은 그로부터 2년이 지난 1976년 5월 6일, 방콕에서 열린 아시아 청소년축구대회 준결승전에서 성사됐다. 분단 이후 처음으로 맞붙는 남북 축구경기에 많은 관심이 쏠렸다.

북한은 대회 참가 이전부터 남북 대결을 염두에 두고 남한팀의 전력을 철저히 분석했다. "(북한이) 1년 반 전부터 청소년대표팀의 해외원정경기에 축구전문가를 파견했다(동아일보, 1976.04.20.)", "(북한은) 해방 이후 첫 남북대결이 이루어질 가능성에 대비, 한국팀 임원 선수 개개인의 특성, 소속, 이름 등 모든 정보를 파악하고 있는 듯(경향신문, 1976.04.27.)."

하지만 특유의 폐쇄성으로 인해 북한팀에 대한 자세한 정보는 알려지지 않았다. 대회를 앞두고 북한 선수단 18명 중에 5명이 25세 이상의 부정선수들로 의심됐지만 대회 조직위원회조차 실제 연령을 확인하지 못했다(동아일보, 1976.04.20.).

경기는 예정시간보다 30분이나 늦게 시작되었다. 북한팀이 경고 누적으로 출전 자격을 상실한 선수를 출전시키겠다고 억지를 부리다 경기가 지연된 탓이었다. 전반전을 0:0 무승부로 마친 양 팀의 균형이 깨진 것은 후반 17분. 문전으로 날아오는 공을 막아내던 남한 골키퍼 함영준 선수가 북한 선수와 충돌해 쓰러졌는데, 주심이 경기를 그대로 진행시켜 북한이 그 사이에 골을 넣었다. 경기는 1:0 북한의 승리로 끝났다.

대한축구협회는 골키퍼가 부상당했는데도 경기를 속행

시켜 패배의 빌미를 제공한 말레이시아 국적의 모하메드 누우르 주심을 아시아축구연맹(AFC)에 제소했고, 누우르 주심은 3개월 자격정지처분을 받았다. 아시아축구연맹이 경기 주심의 과실을 인정했지만 경기 결과는 뒤바뀌지 않았다(동아일보, 1976.05.24.).

연령초과 부정선수 의혹, 심판의 오심논란 등으로 뒷말을 남겼지만 해방 이후 30여년 만에 처음으로 축구장에서 만난 남북 청소년들은 팀당 10개 남짓한 반칙을 기록하며 깨끗한 승부를 펼쳤다.

비록 북한에 패했지만 대등한 경기를 펼친 청소년 대표팀의 선전은 북한 축구에 대해 막연한 두려움을 갖고 있던 남한 축구계에 자신감을 불어넣었다. 언론 역시 "우리에게 불리하리라고 예상이 되었으나 막상 뚜껑을 열어본 결과는 한번 해볼 만한 상대지 결코 두려운 존재는 아니다(동아일보, 1976.05.07.)"라고 평가했다.

청소년대표팀 간에 첫 만남이 성사된 지 2년 만인 1978년, 드디어 국가대표팀의 만남이 이뤄졌다. 남북은 1978년 12월 20일, 방콕에서 개최된 제8회 아시안게임 결승전에서 만났다. 저녁 6시45분부터 시작된 역사적인 남북 축구대표팀의 첫 대결을 TV 중계로 보기위해 전국의 주요 번화가는 초저녁부터 한산했다. 또한 TV가 비치된 다방,

음식점은 모여든 손님으로 초만원을 이뤘다. 남한의 축구 팬들은 남북 축구경기에서 혹시라도 불상사가 발생하지 않을까 염려했지만, 경기 전 남북 선수들이 악수를 나누고 나란히 기념촬영까지 하자 안도의 숨을 내쉬었다(동아일보, 1978.12.21.).

남북 대표팀은 전·후반전을 득점 없이 비기고, 이어진 연장전에서도 승부를 내지 못한 채 0:0으로 무승부를 기록하여 사이좋게 공동우승을 차지했다. 양 팀은 부상을 유발할 수 있는 거친 태클 등을 자제하고 페어플레이를 펼쳤는데, 일부 남한 언론은 북한의 이런 태도가 자의에 의한 것이 아니었다고 비꼬았다. <경향신문> 1978년 12월 21일자 기사에서, "북한 선수들이 비교적 좋은 매너를 보인 것은 순전히 자의에 의한 것만은 아닌 듯", "북한이 난동을 부릴 것을 우려한 나머지 태국축구협회장이 북한선수단을 방문, 태국왕이 직접 그라운드에서 경기를 참관하니 좋은 매너를 보여 달라고 특별히 당부했다"고 한다.

남북 선수들의 미묘한 신경전은 금메달을 수여받는 시상식에서도 이어졌다. 시상대에 먼저 오른 북한 대표팀 주장 김종민 선수가 남한 대표팀의 주장 김호곤 선수가 시상대에 설 자리를 양보하지 않았던 것. 급기야 김호곤 선수는 밀쳐져 시상대 아래로 떨어졌다. 작은 소동은 대회 운영요원의 정리로 마무리됐고, 김종민 선수와 김호곤 선수는 손을 맞잡았다. 이내 다른 남북 선수들도 함께 어깨동무로 어울렸다. 금메달을 목에 건 채 남북 선수들이 하나로 뭉치는 명장면을 연출하며 남북 국가대표 축구의 첫 만남은 훈훈하게 마무리되었다.

이후 남북 대표팀은 아시안컵 대회, 월드컵 지역예선 등 국제무대에서 자주 만났다. 더는 서로를 피하기 위해 대회 참가를 포기하거나, 예선전에서 고의로 지는 일도 없었다. 1980년대에 들어 동구권 붕괴, 소련의 해체와 더불어 북한 경제가 몰락하면서 북한 축구는 쇠락의 길을 걷는다. 1980년대 세 차례 치러진 남북 축구대결에서도 모두 남한팀에 패했다. 1980년 9월, 아시안컵 준결승전에서 남한에 2:1로 패했고, 1989년 10월에 이탈리아 월드컵 최종지역예선에서 만나 1:0으로 졌다. 또 1990년 10월에는 다이너스티컵에서도 1:0으로 패했다. 북한 축구는 더 이상 남한의 경쟁 상대가 되지 못했다.

남북통일축구대회

1980년대 중반 이후 소련의 개혁·개방정책으로 미·소 간에 '신데탕트' 국면이 조성되고, 동서독 통일, 잇따른 동구권 사회주의 국가들의 붕괴로 인해 비로소 냉전체제가 종식되었다. 이러한 국제정세 속에서 공산권 국가들과 외교관계를 재설정하고, 남북협력과 평화통일을 추진하는 일은 남한정부에게 있어 시대적 요구였다.

1988년 2월, 대통령으로 취임한 노태우 대통령은 취임사를 통해 "이념과 체제가 다른 이들 국가들과의 관계 개선은 동아시아의 안정과 평화, 그리고 공동의 번영에 기여하게 될 것", "북방 외교적 통로는 통일로 가는 길을 열어줄 것"이라며 북방외교 구상을 밝혔다. 또한 같은 해 7월 7일, 북한을 민족의 일원으로서 선의의 동반자 관계로 발전시키고, 남북 간 긴장완화와 통일여건을 조성하겠다는 내용을 담은 특별선언(7·7선언)을 발표했다.

이어서 1989년 9월에는 한민족공동체통일방안을 발표하고, 이듬해인 1990년에는 '남북 교류 협력에 관한 법률' 및 '남북협력기금법'을 제정함으로써 남북 교류와 협력을 위한 법적·제도적 근거를 마련했다. 이러한 노력의 성과로 1990년 9월, 남북고위급 회담이 성사되는 등 남북 교류 협력이 본격화되었다.

비정치적·비이념적인 영역에서부터 남북교류협력이 확대되어야 한다는 정부 방침에 따라 체육부(오늘날의 문화체육관광부)는 1990년 4월, 남북체육교류협력 방안을 마련했다. 축구, 마라톤, 사이클 등의 종목에서 남북친선교류 경기를 북한에 제의했고, 북한이 호응하며 남북통일축구대회에 관한 협의가 시작되었다.

김용균 체육부차관은 1990년 7월 29일, 베이징에서 개최된 제1회 다이너스티컵 국제축구대회 북한과의 경기도중 북한 인민체육위원회 김득춘 부위원장을 만나 남북 축구교류전을 정식으로 제안했다(한겨레, 1990.07.31.). 남북 체육관계자들은 두 차례에 걸친 회동을 통해 10월 중에 평양과 서울에서 교류전을 갖기로 합의하고, 9월 29일 이를 공식발표했다. 이로써 남북은 1946년 이후 44년 만에 축구 친선경기를 치르게 되었다.

남북통일축구 1차전은 1990년 10월 11일, 평양 5.1(능라도)경기장에서 열렸다. 1989년 5월 1일에 완공되어 5.1(능라도) 경기장이라 불리는 이 경기장은 15만 명을 수용할 수 있는 세계 최대 규모의 축구경기장이다. 15만 명의 북한 관중들은 단일팀 깃발을 흔들며 '우리소원은 통일'을 합창했고, 남북 선수들은 손을 잡고 입장했다. 경기는 2:1로 북한이 역전승을 거뒀다.

한편 이회택 전(前) 국가대표감독은 평양에서 40년 만에 아버지와 재회하여 이를 지켜보는 국민들에게 감동을 주었다. 이들의 재회는 1989년 9월, 싱가포르에서 열린 이탈리아 월드컵 지역예선에서 북한팀의 박두익 감독이 이회택 감독의 아버지가 북한에 생존해있다는 소식을 남한팀에 전함으로써 성사되었다(한겨레, 1990.10.11.).

2차전은 10월 23일 잠실 올림픽주경기장에서 펼쳐졌다. 경기장을 가득 메운 남한 관중들은 평양에서 북한 관중들이 그랬듯이 '우리소원은 통일'을 열창하며 선수들을 응원했다. 경기는 황선홍 선수의 골로 남한이 승리했지만 결과는 중요하지 않았다.

그런데, 뜨거웠던 경기장과 달리 경기장 밖에서는 관중들의 불만 섞인 목소리가 터져 나왔다. 대한축구협회가 불미스러운 일을 막겠다며 입장권을 섞어서 판매했기 때문이다. 기습시위 등 시민단체가 주도하는 정치행동을 원천봉쇄하겠다는 의도였다. 가족단위로 경기장을 찾은 관중들은 일행과 멀리 떨어져 앉아 경기를 관람해야 했다. 또한 지나치게 엄격한 검문검색 역시 관중들의 불만을 야기했다. 어느 대학생은 전교조 신문 등을 휴대하고 있다는 이유로 경찰로 연행되어 7시간 동안 조사를 받기도 했다(한겨레, 1990.11.01.).

남북통일축구대회는 성공적으로 끝났지만 대회 중에 진행된 정례화에 관한 논의는 끝내 남북 간 합의에 이르지 못했다. 남한은 해마다 통일축구대회를 열자고 계속 요구

했지만, 북한은 '선(先)단일팀 후(後)교류' 입장을 내세우며 정례화를 거부했다.

　남북은 통일축구대회 이후 단일팀 구성에 관한 협의를 본격화하였고, 마침내 1991년 6월에 포르투갈에서 열린 제6회 20세 이하 월드컵에서 남북 단일팀을 구성하여 출전하였다. 남북 단일팀은 예선전에서 아르헨티나를 꺾고 8강에 올랐다. 비록 8강전에서 브라질에 패했지만 남북 선수가 하나 된 모습으로 최선을 다하는 모습에 포르투갈 관중들은 아낌없이 박수를 보냈다.

통일축구대회에서 만난 남북선수들이 손을 맞잡고 운동장을 돌며 관중들의 응원에 화답하고 있다.　　　　　　　　ⓒ연합뉴스

통일축구대회는 남북 화해 분위기에 힘입어 2002년 9월, 서울에서 한차례 다시 열렸다. 당시 한국미래연합 박근혜 대표가 방북 과정에서 김정일 위원장에게 북한 축구팀의 방한을 제의했고, 이에 김위원장이 화답하며 성사되었다. 북한은 이어 같은 해 9월에 부산에서 열린 아시안게임에 대규모 선수단과 응원단을 파견하기도 했다.

비록 정례화하지 못하고 일회성 이벤트 경기에 그쳤지만, 통일축구대회는 단순한 남북 스포츠 교류의 차원을 넘어 단절되었던 남북을 하나로 잇는 계기를 마련했다는데 의의가 있다.

세상에서 가장 이상한 축구 더비

남북관계는 2000년대 중반 이후 천안함 피격 사건, 연평도 포격도발 사건, 금강산 관광객 피살 사건 등 악재가 겹치며 갈등국면으로 치달았다. 축구를 비롯한 스포츠 분야뿐만 아니라 모든 분야에서 사실상 교류가 중단되었다.

경색된 남북관계는 2010년대에도 이어져 남북 축구는 월드컵 아시아지역 예선 등 국제대회가 아니고서는 만날 일이 없었다. 국제대회에서 만나더라도 남한 선수들은 북한 땅을 밟을 기회가 없었다. 북한이 남한선수들의 방북을 거부했기 때문인데, 남북은 2008년에 치러진 2010년 남아공월드컵 예선전에서 한조로 묶였음에도 평양이 아니라 중국 상해에서 경기를 치렀다. 이에 반해 북한 선수들은 2009년에는 2010년 남아공월드컵 최종예선, 2013년에는 여자 동아시아 축구선수권대회 참가를 위해 서울을 방문하였다.

2017년 문재인 정부 출범 이후 2018년 평창올림픽을 계기로 모처럼 남북관계에 개선의 여지가 보이는 듯 했지만, 2019년 하노이 회담 불발로 인해 남북 화해 무드는 그리 오래가지 못했다.

남북은 2022년 카타르 월드컵 지역예선 2차전에서 한조로 편성되었는데, 2019년 10월 15일 마침내 방북이 성사되며 평양에서 남북 축구경기가 치러졌다. 하지만 북한은 취재진, 응원단의 방문은 불허하여 선수단만 평양을 방문했다. 또한 관중들의 입장도 불허했고, TV중계마저 거부했다. 2020년 코로나 팬데믹 이후로 한동안 무관중 축구 경기가 일상이 되었지만, 이때까지만 해도 무관중 경기는 국제축구연맹(FIFA)을 비롯한 각국 축구협회의 징계 수단이었다. 더구나 취재는 물론 중계까지도 일방적으로 거부한 북한의 행동에 세계 축구계는 이해할 수 없다는 반응을 보였다.

영국 BBC는 2019년 10월 15일, "세상에서 가장 이상한 축구 더비에 오신 것을 환영합니다"라는 제목의 기사를 게재하며, "평양의 예측 불허 분위기에서 남북 축구가 새로운 외교의 계기가 될 것이라고 말하긴 어렵다"고 지적했다. 29년 만에 성사된 평양에서의 남북 축구경기는 0:0 무승부로 끝났다. 득점도, 관중도, 기자도, 중계도 없었다. 재미도 감동도 없었다.

　스포츠 교류는 국가 간 정치·외교 관계의 산물임과 동시에 이를 이끌어가는 수단이자 매개체로서 역할을 하기도 한다. 남북 축구 교류가 때로는 정치적 이벤트의 하나에 머문 적이 있지만, 남북 화해·협력과 남북관계 발전에 꾸준히 기여해왔음을 부인할 수 없다. 북핵문제 등으로 살얼음을 걷고 있는 남북관계에서 축구가 교류 협력의 새로운 기회를 만들어내길 기대한다.

7. 우리들의 축구단

_ K리그의 역사

할렐루야

스포츠는 정치로부터 자유로울 수 없다. 많은 사람들이 좋아하고, 한곳에 모이고, 결과에 환호하는 스포츠의 속성을 누구보다도 잘 아는 정치가들이 이 좋은 것을 내버려 둘리 없다. 그래서 스포츠는 역사적으로 활용가치가 높은 정치적 수단이었다. 이는 한국뿐만 아니라 세계적으로 나타나는 보편적인 현상이지만, 수십 년간 권위주의 통치체제를 경험한 한국 현대사에서 더욱 도드라진다.

군사쿠데타로 집권한 박정희 정권은 스포츠를 활용해 정권 유지의 정당성을 확보하고자 하였다. 못살고 어려웠던 시절에 국제무대에서 스포츠 성과는 곧 국위선양을 의미했다. 북한과의 체제경쟁에서 지지 않기 위해 정권이 직접 나서 '북한 타도'를 내걸고 축구선수단을 육성했다. 아예 "체력은 국력이다"라고 했다.

스포츠를 정치적 수단으로 본격 활용한 것은 전두환 정권이다. 군사반란으로 권력을 장악, 폭력으로 민주항쟁을 진압하고 대통령 자리에 오른 전두환은 민주화를 열망하는 국민적 관심을 스포츠로 돌리기 위해 어느 권위주의 정권보다 적극적인 스포츠정책을 추진했다. 제5공화국이 '스포츠공화국'으로 불리는 이유다.

전두환 정권은 취약한 집권의 정당성을 확보하고 국민들을 지배체제에 순응하게 만들고자 스포츠를 국가 차원에서 정책적으로 지원하였다. 1982년에 체육부를 신설하고 국민체육진흥법을 개정했으며, 86아시안게임·88올림픽 등 국제적인 스포츠행사를 개최했다.

이 무렵, 한국 프로축구가 시작되었다. 세계적으로 프로축구는 자생으로 발생하여 대중들의 문화에 깊숙이 자리하는 역사적 발전과정을 거친다. 각 프로구단은 자본주의 체제 내에서 사회적 재생산을 가능하게 하는 문화적 형태로 대중들의 자발적인 필요에 의해 생겨난다.

하지만 한국 프로축구는 철저하게 정치적 목적을 위해서 정부 주도로 태동하였다. 프로축구가 갖는 사회적 가치와 여기에 참여하는 시민적 권리에 대한 진지한 논의는 정부의 일방적인 정치논리 앞에서 자리할 공간을 잃었다. 한국 프로축구는 그렇게 태생적인 한계를 안고 있다.

정치적인 이유와는 별개로, 이미 축구인들은 1980년대 이전부터 한국축구의 프로화 필요성에 대해 인식했다. 국제무대에서 더 나은 활약을 펼치기 위해서는 성과에 따라 연봉을 지급하고, 체계적인 선수육성 및 관리가 가능한 프로리그의 운용이 필요하다는 사실을 공감하고 있었다. 1960~70년대 외국 프로팀을 초청하여 국가대표팀과 수시로 평가전을 치르면서 프로축구에 대한 갈망을 조금씩 채워갔다.

1960~70년대 한국을 방문한 외국 프로 축구팀은 20개가 넘었고, 이중에는 포르투갈의 벤피카(1970년 9월), 영국의 맨체스터 시티(1976년), 독일의 함부르크SV(1979년) 등 오늘날 우리에게 익숙한 세계 정상급 팀들도 포함되었다.

1978년에는 현대그룹에 의해 프로구단 창단이 가시화되기도 했다. <동아일보> 1978년 7월 21일자 기사는, "현대그룹이 선수들의 능력에 따라 보수를 주는 능력급의 축구팀을 창단키로 거의 확정, 한국축구 발전에 획기적인 기여를 하게 됐다", "현대는 아산 문화사업에 이어 축구팀을 창설, 기업이윤을 국민스포츠에 확대 환원키로 했다"고 한다. 기사에 따르면, 현대그룹이 기업의 사회적 책임 활동의 일환으로 프로구단 창단을 준비하고 있다고 했다. 하지만 현대그룹의 프로축구 창단은 최우선 순위로 영입을 시도했던 차범근 선수의 독일 분데스리가 진출로 인해 불발되고 말았다.

프로축구 구단 창단은 1980년 1월, 최순영 신동아그룹 회장이 축구협회 회장으로 취임하며 본격화되었다. 최순영은 협회장으로 취임하면서 "서울, 부산, 대구, 광주 등 대도시에 실업팀 창설을 유도하고 육성시켜 지역대항전을 개최, 프로축구태동의 밑거름을 마련하겠다"고 공약했다 (경향신문, 1979.01.31.).

이어 이듬해인 1980년 4월, 할렐루야 축구단을 프로구단으로 창단하겠다는 계획을 발표한다. 기독교 신자이기도 했던 그는 구단 창단을 위해 5억 원의 기금을 마련하고, 국가대표 출신의 우수선수들로 팀을 구성하겠다고 밝혔다 (동아일보, 1980.04.17.). '할렐루야'는 '주를 찬양하라'라는 뜻의 히브리어에서 유래한 말로, 할렐루야 축구단은 축구 저변확대는 물론이고, 기독교 선교를 목적으로 창단했다. 최순영 회장은 전국 수백만 기독교 신자들이 축구팬이 될 것이라 장담하였다.

프로구단 창단 소식은 일부 축구인들의 반발을 불렀다. 프로팀 창단 규정도 마련하지 않은 데다, 할렐루야 축구단 하나만으로는 프로리그 운영이 불가하다는 게 이유였다.

실업축구연맹은 실업선수들의 이탈을 우려하여 프로구단 창단에 반기를 들었다.

하지만 최순영 회장은 "한국축구의 갈 길은 프로팀 탄생"이라는 주장을 굽히지 않았다. 그리하여 1980년 12월 15일, 프로축구연맹 정관을 제정하고, 이어 12월 20일에 구단 창단식을 열었다. 이로써 한국 최초의 프로축구팀이 창단하였다.

국내 유일의 프로축구 구단으로 출범한 할렐루야는 고난의 길을 걷는다. 참가할 리그도 없고, 상대할 팀도 마땅치 않았던 할렐루야는 해외원정, 해외팀 초청, 심지어 지역 조기축구팀과 친선경기를 하며 팀 운영을 유지해갔다. 창단 이듬해인 1981년 한 해 동안에만 2억 원이 넘는 적자가 발생했다(경향신문, 1981.11.25.). 선구자의 길은 고달프고 험난했다.

전두환 대통령은 1981년 6월, 수석비서관 회의에서 프로 스포츠 출범을 지시했다. 건전한 국민여가 선용을 목적으로 내세웠지만, 1981년은 바로 1년 전 광주에서 총칼로 억압했던 민주화를 향한 국민적 열망이 시들지 않은 때였다. 국민의 정치적 관심을 분산하기 위한 조치였다.

프로팀을 먼저 창단한 종목은 축구였지만, 프로리그 출범은 야구에 뒤졌다. 1970년대 고교야구가 높은 인기를 얻고 있었고, 경기장 마련 등 프로리그 운영을 위한 인프라를 구축하는데 축구가 야구보다 더 많은 비용과 시간이 소요된다는 판단 때문이었다. <동아일보> 1981년 10월 28일자 기사에 따르면, "우리나라 스포츠 현실로 보아 우선 프로야구팀을 탄생시키는 것이 옳다는 정책적인 판단 아래 전력을 기울이기로 했다"고 한다. 전두환 대통령이 육사생도 시절 축구선수로 활동했던 이력을 떠올리면 프로축구를 먼저 출범시켰을 만한데, 어지간히 마음이 급했던 모양이다.

1982년 12월에 대한석유공사(유공)가 '유공 코끼리 축구단'이라는 이름으로 프로축구팀을 창단했다. 할렐루야에 이어 유공 축구단까지 두 개의 프로구단이 만들어졌지만 두 팀만으로는 리그 운영을 할 수 없었다.

한편, 1982년 3월 23일 개막전을 치른 프로야구는 선풍적인 인기몰이를 하고 있었다. 축구계는 다급해졌다. 86아시안게임·88올림픽 개최를 앞둔 정부는 프로선수는 올림픽에 참여할 수 없다는 규정을 이유로 들어 아마추어 축구 육성을 당면과제로 내세웠다. 프로야구를 의식해 프로축구 리그 출범을 더는 지체할 수 없다는 축구계의 조급함과 88올림픽에서의 성과를 바라는 정부의 요구가 만나 기형적인 형태의 프로, 아니 세미프로 형식의 축구리그가 시작되었다. 슈퍼리그의 출발이었다.

1983년 4월 1일 시작한 슈퍼리그는 프로팀인 할렐루야, 유공과 실업축구 상위 3개 팀인 대우, 포철, 국민은행 등 총 5개 팀이 치르는 리그대회 명칭이다. 프로팀과 아마추어팀이 혼합되어 리그전을 치르는, 세계에서 유례가 없는 세미프로 리그였다. 우승팀에게는 5천만 원의 상금이 수여되었다(경향신문, 1983.03.10.).

"형식을 존중할 때가 아니다. 혁신, 다시 말해 한국축구를 도약대에 올리기 위해 종래의 방법에서 과감히 탈피해야 한다." 슈퍼리그 창설을 주도한 장영근 축구협회 부회장은 축구계의 비판 여론을 의식하여 형식이 중요한 게 아니라 혁신적인 방법으로 한국축구를 도약시켜야 한다고 슈퍼리그 출범의 목적을 밝혔다(경향신문, 1983.03.01.).

<경향신문>은 1983년 2월 24일자 기사에서, 슈퍼리그 출범에는 86아시안게임과 88올림픽의 정책 종목인 축구를 인기종목으로 끌어올려 저변을 확대함으로써 아시안게임과 올림픽에서 좋은 성적을 거두기 위한 정부의 포석이 깔려 있다고 평가했다.

정부가 주도하는 프로 스포츠 정책은 빠른 양적 성장을 가능케 한다. 하지만 프로 스포츠가 갖는 경제적 가치나 시장 환경 등을 고려하지 않은 채 일방적으로 정권 의도

에 부합하는 정책을 추진할 경우 필연적으로 구조적인 모순을 가져온다.

속도가 한참 더디더라도, 정부가 아니라 축구팬들의 마음이 모아져 민간 주도로 프로축구가 시작되었으면 어땠을까. 그럼 이 땅에서 프로축구 출범은 영영 불가능했을까. 국가대표팀은 올림픽이나 월드컵에서 죽을 쒔을까.

지역연고제

정도의 차이는 있지만, 사람은 누구나 자신이 태어났거나 오랫동안 살아온 지역에 애착을 느낀다. 특히 한국인들의 고향 사랑은 유별나다. 어느 지역에든 향우회가 있다. 내 고향 사람을 만나면 유난히 반긴다. 애착의 대상이 고향에서 국가로 옮겨가면 애국심으로 발현한다. 한국인이 국가대표 축구팀을 응원하는 이유는 내가 태어나고, 내가 살고 있는, 내 나라의 축구팀이기 때문이다.

만약 '내 고향 축구팀'으로 확고한 정체성을 부여할 만한 프로축구팀이 있다면 어떨까? 아마도 많은 사람들이 그 팀의 경기를 챙겨보고, 성적이나 선수 이적 등 팀 운영 전반에 큰 관심을 가질 것이다. 한국에서 프로야구가 그러했듯이 말이다.

프로야구는 1982년 리그 출범기부터 지역연고제를 시행했고, 어느 프로 스포츠보다 확고한 지역연고제를 정착시켰다. 지역연고제는 프로야구가 한국에서 가장 인기 있는 프로 스포츠로 성장한 원동력이 되었다. 프로 스포츠로서 야구 종목 자체가 갖는 매력적인 요소보다 야구팬들이 갖는 지역연고의식이 프로야구의 성공요인이라고 본다.

일본 J리그의 성장 동력 역시 탄탄한 지역연고제 정착에 있다. 한국보다 10년이나 늦게 프로축구를 출범시킨 일본 J리그는 지역연고제를 안정적으로 뿌리내리며 급성장했다. 지역연고제를 기반으로 구단과 지역주민이 상생의 노력을 통해 J리그를 아시아 최고 수준의 프로리그로 발전시켰다.

아쉽게도, 한국 프로축구는 지역연고제 정착이 너무 늦었다. 축구계가 지역연고제의 필요성을 인식하지 못했거나, 축구계의 노력이 부족했기 때문이 아니다. 오히려 축구협회는 프로리그가 출범하기 이전에도 실업리그 활성화를 위해 지역연고제 시행을 시도했다.

<동아일보> 1980년 4월 18일자 기사에 따르면, "축구협회는 체육회에 실업팀의 지방연고제에 따른 협조를 구하고 있으나 지금까지 늑장을 부리고 있어 한국축구의 획기적인 발전에 브레이크를 걸고 있는 인상", "체육회는 이

렇다 할 이유 없이 연고팀을 시도의 대표팀으로 결정하는 것은 있을 수 없다고 지금까지 협회에 아무런 조치도 취해주지 않고 있다"고 했다.

1983년 슈퍼리그 출범 당시에도 형식적으로나마 지역연고제를 시행했다. 유공은 서울·경기·인천, 할렐루야는 강원·충남·충북, 포철은 경북·대구, 국민은행은 전남·전북, 대우는 부산·경남을 연고지로 정했다. 그러나 지역연고제의 기본이라 할 수 있는 연고지 경기장을 활용한 홈앤드어웨이 경기 방식이 아니라, 참가팀들이 서울·부산 등 일부지역을 순회하며 경기를 치렀다. 언론은 이를 두고 슈퍼리그에 참가한 축구팀들이 '유랑극단 신세'를 면치 못하고 있다고 꼬집었다(경향신문, 1986.03.13.).

리그 초기 고정팬 확보에 실패한 프로축구는 프로야구처럼 확고한 지역연고제 도입을 줄곧 시도했지만 체육부 반대에 부딪혔다. 프로축구 지역연고제가 지역감정을 유발한다는 이유 때문이었다(경향신문, 1986.03.13.). 리그 원년인 1983년에 하루 평균관중 2만 명에 달했던 프로축구 관중은 1986년에는 겨우 2천 명에 그치며 극심한 침체기에 들어섰다.

1987년 3월, 한국프로축구위원회 회장으로 취임한 유흥수는 "프로축구의 국내활성화 방안으로 연고제를 하루빨리 정착시켜 관중들의 응원기반을 마련해주고, 경기 자체도 흥미를 끌 수 있도록 유도해나가겠다"고 밝혔다(동아일보, 1987.03.07.). 이에 1987년 리그부터는 원칙적으로 각 팀의 연고지역인 인천(유공), 강릉(현대), 대구(포항), 부산(대우), 대전(럭키금성) 등 4개 지역에서 홈앤드어웨이 방식으로 경기를 진행했다.

이전보다는 개선된 지역연고제 방식이었지만, 주요 도시들은 이미 프로야구 구단들이 인기를 선점하고 있어 흥행몰이에는 큰 도움이 되지 않았다. 1987년 한 해 동안 프로축구팀들은 평균 3천 명 정도의 유료관중을 동원하는데 그쳤다. 더구나 1988년에는 대전한밭운동장, 대구시민운동장, 부산구덕구장 등이 88올림픽 축구경기장으로 활용되어 대전·대구·부산 지역에서 경기를 할 수 없어 연고제 정착은 더욱 멀어졌다.

축구협회는 1990년 시즌에 들어 기존 광역(도) 중심의 지역연고제를 도시 중심의 연고제로 전환했다(매일경제, 1990.2.7.). 그리하여 포항(포철), 울산(현대), 서울(럭키금성), 부산(대우), 서울(일화) 등 주요 도시를 연고지를 두도록 했는데, 이때까지도 호남을 연고로 한 축구단은 없었다.

호남 연고팀의 창단은 프로축구 원년 직후부터 전남·전

북 축구협회를 중심으로 추진되었는데 별다른 진전을 보이지 않자, 1990년 8월에 청와대가 직접 나섰다. <한겨레신문>은 '스포츠에도 부는 청와대 입김'이라는 제목의 8월 19일자 기사에서, "호남연고의 프로축구팀 창단 논의가 청와대와 관련되고 있어 스포츠와 권력의 함수관계를 새삼 일깨워주고 있다"고 했다. 결국 1994년에 이르러 전북 버팔로가 호남 최초의 프로구단으로 창단했지만 창단 원년을 끝으로 해체하고, 1995년 현대자동차를 모기업으로 하는 전북 다이노스가 창단했다.

1994년에는 문화체육부 장관이 나서 프로축구 지역연고제 정착을 강조했다. "월드컵 16강 진출과 2002년 월드컵 유치 등을 위해선 한국축구가 발전해야하며, 이를 위해 프로축구도 프로야구와 같이 지역연고제가 실시되어야 한다(경향신문, 1994.07.05.)"고 강조하고, 정부 차원에서 적극 지원을 약속했다.

전남 드래곤즈, 수원 삼성 블루윙즈 등 추가로 프로팀 창단이 이어지고, 정부 차원에서도 지역연고제 정착을 위해 발 벗고 나섰지만 프로축구를 향한 국민들의 무관심은 여전했다. 언론들은 "속빈 강정, 한국프로축구", "프로축구 활성화하자(조선일보, 1995.04.03.)", "프로축구 붐 조성, 월드컵 유치역량 키우자(동아일보, 1995.10.17.)"라는 제목의 기사들을 통해 한국축구 발전을 위해서는 프로리그 활성화가 필요하다고 한목소리를 냈다.

1995년 1월, 한국프로축구연맹은 2002년 월드컵 유치를 위해 전국적인 축구열기 확산과 지방축구 활성화를 명분으로 서울 지역을 공동지역으로 두고, 서울 연고팀을 타 지역으로 이동시킨다고 결의했다. '빅마켓' 서울을 비우고 지방으로 프로구단을 이전시키는 연맹의 이른바 '서울 연고 공동화 정책'은 서울을 연고로 두고 있던 일화·LG·유공 축구단은 물론이고 축구팬들의 반발을 불러왔다. <조선일보> 1991년 1월 28일 "관중동원 호재 많다. 프로축구 도약 야망"이란 제목의 기사에 따르면, 당시 3개 구단이 연고를 두고 있던 서울 지역은 지역연고제가 차츰 자리를 잡아가고 있었던 시기였기에 안타까움이 더 컸다.

오랜 시간을 두고 지역주민과 소통하며 상생의 노력을 기울여야 비로소 '내 고향 팀'이라는 정체성을 부여받을 수 있는 프로구단의 속성을 외면한 정책이었다. 결국 서울에 남으려거든 축구전용경기장 건설계획을 제출하라는 연맹의 잔류 조건을 충족시키지 못한 3개 구단은 인구의 1/3이 밀집한 서울 지역을 비우고, 부천(유공)·안양(LG)·천안(일화)으로 연고지를 이전하게 된다. 이때(1996년 시즌)부터 각 팀들은 해당 연고지 축구장에서 홈앤드어웨이 방식으로 경기를 치르고, 구단 명칭 앞에 지역명을 의무적으로 포함하도록 했다. 형식상으로는 완전한 지역연고제가 시작되었다.

트로이카

1998년 7월에 열린 프랑스월드컵에 참가한 한국 대표팀은 조별예선 1무2패의 초라한 성적으로 대회를 마무리했다. 특히, 히딩크 감독이 이끌던 네덜란드에 5:0으로 참패하며 축구팬들에게 충격을 주었고, 차범근 감독은 대회 기간에 현지에서 경질되는 수모를 겪었다.

대표팀이 월드컵 16강 진출이라는 국민적 여망을 실현하지 못한 채 발걸음을 돌리면서 저조한 월드컵 성적이 프로축구 흥행에 악재로 작용하리란 우려의 목소리가 높았다.

하지만 월드컵 직후인 7월 18일 열린 프로축구 정규리그 개막전 4경기에는 예상을 뒤엎고 6만 명이 넘는 관중이 몰렸다(동아일보, 1998.07.22.). 한 경기 평균 관중수가 1만 6천 명에 달해 전년 리그 평균 관중수의 두 배를 뛰어넘었다. 개막전의 열기는 시즌 내내 이어져 1998년 시즌 관중은 프로축구가 출범한 이래 최초로 200만 명을 넘어섰다. 그야말로 프로축구 르네상스가 열렸다.

프로축구 열기가 갑자기 뜨거워진 건 프랑스월드컵을
계기로 얼굴을 알린 고종수, 이동국과 당시 빼어난 외모와
실력으로 주목을 받았던 신예 안정환 등 스타급 선수들의
등장 때문이었다. 세 마리 말이 이끄는 마차라는 뜻의 러
시아어 트로이카(troika). 고종수, 이동국, 안정환은 프로
축구 최고 흥행기를 이끈 트로이카였다.

프로축구 경기장에는 예전에는 볼 수 없던 진귀한 풍경
이 펼쳐졌다. 30~50대 남성층이 주로 찾던 축구장은 '억
대 루키' 이동국, '앙팡테리블' 고종수, '꽃미남' 안정환을
연호하는 10대 소녀팬들로 가득 찼다. 당시 신문기사에
따르면, "경기장 곳곳에 '이동국 찜', '밥보다 좋은 동국'
등의 격문을 붙였고, 이동국에게 꽃다발과 초콜릿 공세를
펼치는 등 인기가수의 콘서트장을 방불케 했다"고 한다.
프로축구 출범 이후 처음으로 전국구 스타가 자생적으로
탄생한 것이다.

프로축구와 프로야구는 공생할 수 없는 것인가. 프로축
구가 유례없는 부흥기를 맞이한 이 때, 프로야구는 인기가
급락하며 관중 유치에 애를 먹었다. 1998년 시즌 관중 목
표를 4백50만 명으로 설정했던 한국야구위원회(KBO)는
2백90명으로 목표인원을 하향 조정했다.

프로축구의 인기는 1999년 시즌에도 이어져 275만 명의 관중유치에 성공하며 흥행 정점을 찍었고, 2000년 시즌에는 열기가 잠시 주춤했다가 2001년에는 월드컵 유치 열기에 힘입어 230만 관중을 기록하며 다시 200만 관중 시대를 이어갔다.

하지만 전국구 스타선수의 등장과 함께 흥행을 이어가던 프로축구 인기는 트로이카의 핵심이었던 이동국 선수의 독일진출, 후속 스타선수들의 발굴 부재 등으로 점차 시들해졌다. 프로축구가 꾸준히 발전하기 위해서는 몇몇 스타선수들의 인기에 의존하기보다 연맹과 구단의 과감한 투자와 과학적인 선수관리, 적극적인 팬 서비스 전략이 우선되어야 한다는 사실을 새삼 일깨워준다.

시민구단

2002년 월드컵 한일 공동개최가 확정되자 여러 지자체가 월드컵 경기를 유치하기 위해 경쟁을 벌였다. 월드컵 경기를 유치하면 해당지역의 경제적 효과와 체육 인프라 확충을 기대할 수 있기 때문이었다. 각 지자체는 국제축구연맹(FIFA)이 요구하는 까다로운 조건의 월드컵 경기장 건설계획을 제출했는데, 여기에는 월드컵 이후 활용계획이 포함되어야 했다.

서울·부산·대구·대전·광주를 비롯한 10개 도시가 월드컵 경기 유치지역으로 확정되었고, 정부는 1조9천억 원의 자금을 투입하여 월드컵 경기장 건설에 나섰다. 대부분의 지자체가 상업시설, 스포츠 및 문화이벤트 공간 등을 월드컵 이후 경기장 활용방안으로 제시했다.

그중에서 프로축구 구단을 연고지로 두고 있지 않은 서울, 인천, 광주, 대구는 프로축구단을 유치하거나 창단해서 경기장을 임대하는 활용방안을 함께 내놓았다. 대전은 이들 지역보다 한발 앞서 1996년 한국축구 역사상 최초로 동아그룹, 계룡건설 등 지역기업들의 컨소시엄 형태로 프로구단을 창단했다(한겨레, 1999.11.14.). 이후 대전은 2005년에 이르러 시민주식을 공모하여 주민이 참여하는 시민구단으로 재출발했다(연합뉴스, 2006.03.13.).

시민구단이란 특정 기업이 소유한 프로구단이 아니라 연고지 시민들의 주식 공모나 협동조합 또는 정부나 지자체의 보조금을 지원받아 운영되는 구단의 형태로서, 본래 일본 J리그에서 먼저 사용된 용어였다. 말 그대로, 기업이 아닌 시민들이 주체가 되어 운영하는 의미에서 시민구단이라 부른다. 대표적으로는 스페인의 FC바르셀로나, 가깝게는 일본 J리그의 시미즈 S펄스 등이 잘 알려진 시민구단들이다.

2002년 월드컵 이후 시민구단 창단을 본격화한 건 대구였다. 대구는 시의회의 반대로 창단이 무산될 뻔했지만, 2003년 시민주 공모를 통해 한국축구 최초의 시민구단을 창단했다. 이후 인천(2004년), 경남(2006년), 강원(2009년), 광주(2011년), 수원(2013년), 부천(2013년), 안양(2013년), 안산(2017년), 아산(2020년) 등의 지역에서 시민구단 창단이 줄을 이었다. 사실상 1996년 삼성을 모기업으로 수원 삼성이 창단된 이후 대부분의 프로축구단이 시민구단 형태로 창단했다.

시민구단 창단이 활발하게 이루어진 것은 2002년 월드컵 4강 진출 달성으로 높아진 프로축구의 위상, 월드컵 이후 경기장의 활용문제, 일본 J리그 시민구단의 성공에 자극을 받은 영향이 컸다. 한편, 적은 비용으로 축구와 관련한 산업과 지역 관광산업에 대한 파급효과를 높이고, 지역을 홍보할 수 있으며, 자치단체장의 정치적 업적으로도 활용할 수 있다는 장점이 지자체들의 적극적인 시민구단 창단을 유인한 것으로 보인다.

시민구단은 기업이윤을 사회에 환원하는 차원의 모기업 중심 운영방식에서 벗어나, 구단과 시민이 밀착관계를 형성함으로써 자연스레 지역연고제를 정착시키고 축구를 통해 건강한 지역사회를 구현할 수 있다. 하지만 이를 위해서는 구단이 시민들의 관심과 사랑을 받아야 했다.

여러 시민구단이 생겼지만, 여전히 관중석은 비었고 시민들로부터 외면당했다. 시민구단의 낮은 인기는 미디어의 관심을 불러오지 못하고, 스폰서 유치를 어렵게 만들어 결과적으로 구단 운영의 재정적 자립도를 약화시켰다. 시민구단들은 지자체의 보조금에 의존할 수밖에 없고, 지자체는 구단 운영에 깊이 개입할 수밖에 없는 악순환이 이어졌다.

유럽의 경우와 같이, 지자체는 경기장 등 구단 운영을 위한 인프라를 제공하고 운영에는 직접 개입하지 않는 것이 바람직한 시민구단의 모습이다. 하지만 구단 재정의 절대적인 부분을 지자체에 의존할 수밖에 없는 한국 시민구단들의 사정은 이와 달랐다. 자치단체장이 바뀌면 감독이 교체되는 경우가 다반사였고, 구단 운영 방침도 수시로 바뀌었다. 시민구단으로서 정통성과 역사성을 유지하는 게 사실상 불가능한 구조였다.

그럼에도 불구하고, 시민구단들은 재정난과 구조적인 한계를 딛고 자구의 노력을 계속하여 나름의 성과를 보였다. 대구FC가 대표적인 사례이다. 한국 최초의 시민구단으로 2003년에 출범한 대구FC는 열악한 재정 여건 등으로 하위권을 맴돌다, 2014년 시즌부터 3년 간 2부리그에 머물렀다. 대구시는 예산 지원을 확대하고, 구단은 유망주 위주로 선수단을 개편하여 경기력을 향상시켜 2017년 1부리그 승격에 성공, 이듬해인 2018년에는 FA컵에서 우승을 차지했다.

2019년에 개장한 DGB대구은행파크　　　　　　　　ⓒ대구FC

2019년에는 축구전용구장과 클럽하우스를 완공하며 인프라를 확충했다. 특히, 축구전용구장은 K리그의 현실적인 관중규모를 고려할 때 최적이라 할 수 있는 1만2천 여석의 관람석 규모를 갖추고, 한국 프로축구 최초로 명칭사용권(Naming Rights)을 지역 기업인 DGB대구은행에 판매했다. 전용구장이 개장한 2019년 시즌에 전년 대비 3배 가량 증가한 1만734명의 평균관중을 유치했고, 티켓 판매로만 22억원의 수익을 올렸다.

또한 2015년에 '엔젤클럽'이라는 이름으로 대구FC를 재정적으로 후원하는 팬 모임이 발족하여 '축구사랑을 통한 대구 사랑'이라는 슬로건을 내걸고 팀을 위한 릴레이 모금 활동을 벌이고 있다.

지자체의 든든한 인프라 지원, 지역기업의 적극적인 후원, 그리고 팬들의 사랑에 힘입어 한국 프로축구 시민구단의 모범사례를 만들어가는 대구FC는 2021년 시즌에 역대 최고 성적인 리그 3위를 기록했다. 대구FC 유니폼 우측 팔에는 '대구라는 자부심', 목 뒷부분에는 '우리들의 축구단'이라는 슬로건이 적혀있다. 대구라는 자부심. 우리들의 축구단.

8. 월드컵을 든 소녀들

_ 여자축구의 역사

골때리는 그녀들

역사적으로 여성은 정치, 경제, 사회 여러 영역에서 활동을 제약받았다. 특히, 전통적인 성역할 고정관념에 의해 스포츠를 비롯한 신체활동의 기회는 더욱 제한되었다. 여성들의 신체활동은 여성의 '육체적인 우아함'을 상실하게 하고, 사회적·심리적으로 여성의 '남성화'를 유발한다는 편견이 오랫동안 자리했다.

양성평등적 가치가 확산되고, 여성에 대한 인식이 변화함에 따라 점차 여성의 스포츠 참여가 확대되었다. 하지만 여전히 스포츠 제도의 각 영역에서 여성에 대한 소외와 차별이 잔존하고, 이는 여성의 스포츠 참여를 근본적으로 제약하는 장애요소가 되고 있다.

축구와 같이, 상대적으로 격한 몸싸움과 격렬한 신체활동을 유발하는 종목의 경우는 여성 참여의 기회가 더욱 박탈되었다. 여자농구가 1967년 세계 여자농구선수권대회에서 준우승, 여자탁구가 1972년 세계탁구대회에서 단체전 우승, 여자배구가 1976년 올림픽대회에서 동메달을 차지하는 동안 한국 여자축구팀은 존재하지도 않았다.

최근 여성 연예인 등이 주축이 되어 축구를 하는 TV 예능 프로그램이 인기를 얻고 있다. 대부분 축구를 해본적 없는 여성 연예인들이 참여하여 다소 어설픈 실력이지만 최선을 다해 경기에 임하는 모습이 시청자들의 공감과 호응을 얻고 있다. 지금처럼 엘리트 선수든, 연예인이든, 일반인이든 '여성이 축구하는 모습'이 전혀 어색하지 않은 시절이 온 것은 그리 오래되지 않았다.

한국에서 근대적인 여성 스포츠는 개화기에 들어 이화학당 등 선교사들이 설립한 교육기관을 중심으로 시작되었다. 하지만 삼종지도(三從之道)가 전통윤리로 지배하던 당시 사회 분위기 속에서 체조 한 종목을 정식과목으로 채택하는 과정도 녹록하지 않았다. 1909년 고등여학교령이 공포되고, 이후 사립여학교의 설립이 활발해지면서 교육여건이 향상됨에 따라 전국적으로 각종 운동회가 시작되고 여성 스포츠 참여 기회가 점차 증대되었다.

일제 강점기에 들어서는 시대적 상황과 맞물려 여성 스포츠를 주도적 발전시키는데 한계가 있었지만 학교 등 교육기관을 중심으로 여성 스포츠 참여는 지속 확대되었다.

　　여학생 운동은 이십년간에 어떠케 변하엿는가? 체조시간에 체조, 운동회에는 경주를 하는 정도이엇는데 운동복없이 발등을 덮는 치마를 입은채 다름질을하면 허리띠를 질근매고 뛰어든 것이다. 그러나 차차로 스포츠를 여러 가지로 하게 되어 현재는 간단한 운동복을 입고 테니스, 배구, 농구, 여자축구, 원반던지기와 최근에는 활쏘기, 격검까지 아니하는 운동이 없다. 이십여년전의 운동하는 여학생들은 규중처녀를 다려다가 세워논 것 같이 아무런 표정이 없고 얌전한 색씨같은 표정이더니 현대 여학생들의 운동하는 자세는 얼마나 활발하고 동적인가를 알수잇다.

<동아일보> 1940년 4월 1일

　　기사에 따르면, 체조나 육상에 그쳤던 여성 스포츠 참여는 테니스, 배구, 농구를 비롯한 각종 구기종목과 육상, 검도 등 다양한 종목으로 확대되었다. 특히, 축구 종목도 여성이 참여했다는 대목이 눈에 띄는데 정식 여자축구팀은 없었지만 학교 체육교육의 형태로 여자축구가 활성화되었음을 짐작할 수 있다.

　　해방 이후, 1946년에 중앙여중 여자축구부가 생기면서 한국 최초 여성축구팀이 만들어졌다. 당시 중앙여중 교무

부장으로 재직하던 축구인 김화집 씨가 과외활동으로 축구부 창단을 주도하였다. 『한국축구 100년사』에 실린 김화집 씨의 회고록에 따르면, 축구부 창단을 위해 학부모들의 이해를 구하는데 애를 먹었다고 한다. 어떤 학부모는 "시아버지 밥상을 발길로 차버리게 할 것이냐"며 항의하기도 했다. 중앙여중 축구부를 시작으로 무학여중, 명성여중 등의 학교가 여자축구부를 창단했다.

여자축구는 1949년 6월에 열린 제2회 전국 여자체육대회에서 정식종목으로 처음 선보였다. 중앙여중, 무학여중, 명성여중 등 3개 팀이 참가했는데, 한국 최초로 열린 여자축구대회는 대중의 큰 관심을 끌었다.

무학여중은 1949년 여자체육대회 축구 종목에서 우승했다. ©한국축구100년사

경기규칙은 남자축구와는 다르게 전·후반 각 32분씩 진행했고, 선수 교체에 제한을 두지 않았다. 또 경기 시작후 8분이 지나면 2분간 휴식시간이 주어졌고, 골키퍼가 골을 막을 때는 양팔이 가슴에 꼭 닿아야 하는 규칙이 추가됐다(조선일보, 1949.06.25.). 많은 관중과 각 학교 응원단의 열띤 응원 속에서 펼쳐진 대회는 무학여중의 우승으로 막을 내렸다.

준비되지 않은 도전, 준비된 도전

1949년 전국 여자체육대회에서 대중의 관심을 끌며 처음 선보였던 한국 여자축구는 이듬해인 1950년 한국전쟁 발발과 이어진 정치·사회적 혼란과 함께 자취를 감추게 된다. 1960~70년대 들어 국가 주도의 엘리트 스포츠 육성정책에서도 배구, 농구, 탁구 등 다른 종목과는 달리 여자축구는 소외되었다.

세계적으로 여자축구는 1950년 이후로 점차 저변을 넓혀갔다. 먼저 1921년에 "축구는 여성과 전혀 어울리지 않는다"는 이유로 '여자축구 금지령'을 내렸던 축구 종주국 영국은 1969년 여자축구협회가 축구협회로부터 독립적으로 분리, 창설되어 여자축구 대중화를 이끌었다. 오랫동안 여자축구 세계랭킹 1위의 자리를 지키고 있는 미국은 대학을 중심으로 체육수업의 일환으로 여자축구가 성행했는데, 1951년에 4개 대학팀이 참가하는 여자축구 리그를 출범시켰다. 이후 1970년대 들어 아이비리그 종목으로 여자축구를 포함하고, 1980년대부터는 여자축구를 디비전 리그로 확대시켰다.

종교·문화적인 이유로 여자축구가 활성화되지 못한 중동지역, 남미 일부 국가들을 제외하고, 세계적으로 여자축구 저변이 날로 확대됨에 따라 올림픽, 월드컵 등 각종 국제대회에 여자축구 참여를 요구하는 목소리가 높아졌다. 이에 1990년 베이징 아시안게임, 1996년 바르셀로나 올림픽부터 여자축구가 정식종목으로 채택되었고, 1991년에는 중국에서 제1회 여자 월드컵 대회가 개최되었다. 한국 여자축구가 다시 성장동력을 회복한 것도 이 무렵이었다.

축구협회는 1985년 1월, 이사회를 열고 여자축구를 국내에 정착시키기 위한 별도의 전담기구를 설치하기로 했다(조선일보, 1985.02.02.). 이어 같은 해 3월에 국가대표 여자축구 선수 23명을 공개 모집하기로 했는데, 전·현직 운동선수 출신으로 18세 이상 23세 이하의 미혼여성이 모집 대상이었다(매일경제, 1985.03.01.). 공개 모집에는 총 93명이 지원하여 4:1의 경쟁률을 보였고, 선발된 선수들에게 매월 20만원을 지급했다. 1946년 중앙여중 축구부 창단을 주도했던 김화집 씨가 초대 감독으로 선임되었다 (매일경제, 1985.04.13.). 대표팀 주장은 핸드볼 선수출신 김명자 선수가 맡았는데, "여자가 무슨 축구를 하느냐는 말을 많이 들었어요. 하지만 왜 여자라고 축구를 못합니까. 첫 국가대표답게 열심히 뛰어보아겠어요"라고 소감을 밝혔다(동아일보, 1985.03.25.). 그러나 야심차게 출발한 여자축구 대표팀은 창단 2년 만인 1987년에 이렇다 할 활약 없이 해체되고 말았고, 다른 종목에서 현역으로 활약하다 축구팀에 합류한 선수들은 졸지에 직업을 잃게 되는 처지에 놓였다.

1990년 9월에 베이징에서 열리는 아시안게임에서 여자축구가 정식종목으로 채택되면서 여자축구팀 창단이 다시 논의되었다. 축구협회는 무리한 창단은 문제만 일으킨다며 부정적인 입장을 보였지만, 1990년 2월 체육부 업무보고에서 노태우 대통령이 베이징 아시안게임 여자축구 참가에 관심을 보임에 따라 체육부는 서둘러 여자축구팀을 창단하기로 결정했다(동아일보, 1990.02.16.).

축구협회는 대회를 3개월 앞둔 6월 16일, 1987년 해체한 대표팀에서 뛰었던 9명의 선수와 육상, 하키, 핸드볼종목에서 선발한 16명의 선수로 팀을 꾸려 합숙훈련에 돌입했다(동아일보, 1990.06.23.). 급조된 대표팀은 대회를 한 달 앞두고 가진 남대문중학교 축구부(1·2학년으로만 구성된 남자팀)와의 연습경기에서 2:3으로 패하는 등(동아일보, 1990.08.13.) 낮은 수준의 경기력을 보였다. 대한체육회와 축구협회는 대표팀이 정식 경기를 가진 적이 없고, 중학교팀에게도 패하는 수준이라 아시안게임에 출전할 경우 망신만 당할 것이라며 출전을 반대했지만 체육부는 '대통령의 관심사'라는 이유를 들어 대표팀 파견을 고집하였다(한겨레, 1990.07.14.).

부족한 준비로 국제대회에 나선 한국은 북한에 0:7, 일본에 1:8, 대만에 0:7, 중국에 0:8로 패하고, 홍콩에 1:0으로 신승을 거두어 1승4패(2득점 30실점)의 수모를 당했다. 대표팀은 대회가 끝난 후 두 달 만에 조용히 해체되었고, 일부 언론은 여자축구 대표팀이 '1회용' 처지를 면치 못한다고 비판했다(동아일보, 1990.11.20.).

대한체육회와 축구협회는 이듬해인 1991년, 여자축구팀을 창단하는 학교에 필요한 물품과 훈련비 등을 지원하는 여자축구 육성방안을 마련했다. 체육청소년부는 팀을 창단하는 학교에 대해 중학교의 경우 3백만원, 고등학교와 대학교의 경우 5백만원을 지원하기로 했다. 또한 전국규모의 여자축구대회를 창설하고, 전국체전에서도 여자축구를 정식종목으로 포함하도록 했다(한겨레, 1991.01.30.).

이에 각급 학교의 여자축구팀 창단이 줄을 이었는데, 협회와 정부의 지원정책이 발표된 지 6개월 만에 대학팀 4개, 고교팀 10개, 중학교 8개 팀이 새로 생겼다(한겨레, 1991.07.11.). 이를 계기로 1992년 6월에는 전국 11개 여고 축구팀이 참가하는 제1회 전국여자 고교축구대회가 개최되었다(한겨레, 1992.06.17.).

1993년 12월에는 현대그룹계열인 인천제철(오늘날의 현대제철)이 최초로 여자실업팀을 창단했다. 국가대표 출신의 변병주 씨를 감독으로 선임하고 26명의 선수로 팀을 구성했다(경향신문, 1993.12.03.). 여고, 여대를 졸업하면 더는 축구를 할 수 없었던 여자축구 유망주들이 선수 생활을 지속할 수 있는 길이 열렸다.

여자축구는 협회와 정부의 정책적 지원에 힘입어 중국, 일본, 북한과의 격차를 좁혀갔다. 중국은 70년대 말부터 각 성(成)과 시(市)를 대표하는 팀을 육성하여 지역 간 리그전을 벌여왔고, 엘리트 선수 육성정책을 통해 여자축구팀을 세계 최고수준으로 올려놓았다. 일본은 80년대부터 여자축구에 눈을 돌려 10개의 실업팀을 구성하여 자체 실업리그를 운영해왔다. 북한 역시 80년대부터 "여자 체육종목과 함께 승산 있는 종목을 집중 육성하라"는 김정일의 특별지시에 따라 여자축구를 전략종목으로 육성하여 아시아 정상권의 수준에 도달했다. 여자축구 불모지였던 한국은 90년대 초반까지 이들을 상대로 무기력하게 완패하는 경우가 대부분이었지만, 90년대 중반에 들어서는 대등한 경기를 펼치거나 패하더라도 큰 점수를 내주는 경우가 드물어졌다.

1999년 미국에서 개최된 여자월드컵은 세계적으로 여자축구에 대한 관심을 증폭시키는 계기가 되었다. 매 경기마다 6만 명이 넘는 관중이 운집했고, 폭발적인 TV시청률을 기록했다. 미국의 미아 햄, 중국의 쑨윈, 브라질의 시시 등이 스타덤에 올랐다.

정부는 미국 여자월드컵을 계기로 국내 여자축구를 활성화한다는 방침을 세웠다. 문화관광부는 1999년 7월, 여자축구팀을 운영하는 팀에게 해마다 5천만원을 지원하고, 여자축구리그 창설 계획을 발표했다.

여자축구는 양적·질적 성장을 거듭하여, 마침내 2003년 아시아 축구선수권(오늘날의 AFC 여자 아시안컵)에서 준결승에 올라 일본을 1:0으로 누르고 3위를 차지하며 2003년 여자 월드컵 본선진출에 성공했다. 척박한 환경에서 이룩한 기적 같은 성과였다. '준비없는 도전'에 나서 실패했던 1990년 베이징 아시안게임. '준비된 도전'에 나서 성공을 거둔 2003년 월드컵 본선행. 성공은 준비된 자의 몫이다.

WK리그

1993년 인천제철이 최초의 여자실업축구단을 출범한 지 10년 만인 2002년에 대교눈높이 여자축구단에 이어 서울시청(2004년), 일화천마(2006년), 상무(2007년), 수원시설공단(2008년) 등이 여자실업축구단을 창단했다.

초창기 여자실업축구팀들은 자체 리그 없이 주로 실업팀들과 대학팀들이 혼합된 컵대회나 리그전에 참가했다. 한국여자축구연맹은 여자축구의 대중화를 위해서 2006년에 실업리그 특별분과위원회를 발족하고, 2007년부터 자체 리그전을 시범운영하기로 했다. 리그 명칭은 남자 프로축구 K리그에 'Woman'의 앞글자인 'W'를 붙여서 'WK리그'로 하거나, 'Lady'의 앞글자를 따 'L리그'로 하는 두 가지 방안을 검토했다(연합뉴스, 2007.01.05.).

2007년~2008년까지 시범운영 등 리그 준비를 마친 연맹은 2009년 시즌부터 '아름다운 축구'를 슬로건으로 내걸고, 6개 여자실업축구팀이 참여하는 WK리그를 출범했다. 여자축구에 대한 관심을 끌고자 다른 프로스포츠 종목

일정이 몰려 있지 않은 월요일을 매치데이로 선정했다. 이 때부터 현재까지 WK리그 모든 경기는 평일 저녁에 열리고 있다.

WK리그는 출범부터 연고제를 시행했지만, 대부분의 팀들이 홈구장을 마련하지 못한 탓에 홈앤드어웨이 방식이 아니라 수도권 3곳 경기장을 사용하는 지역리그 방식으로 시작했다(연합뉴스, 2008.11.27). WK리그가 연고지를 정착시킨 것은 2015년 시즌부터다. 여자실업축구는 연고지를 도입하여 홈앤드어웨이 경기 방식을 진행하면서 지역 밀착 마케팅을 통해 여자축구 저변 확대를 기대할 수 있게 되었다.

여자 실업축구팀은 스포츠토토(2011년), KSPO(2011년), 한국수력원자력(2016년), 창녕 WFC(2018년) 등이 새롭게 창단했고, 반면에 일화천마(2012년), 대교눈높이(2017년) 등은 해체하여 현재 8개 팀이 리그에 참가하고 있다. 여자실업축구 원년 멤버로서 가장 오랜 역사를 자랑하는 인천 현대제철 레드엔젤스는 2009년부터 2012년까지 줄곧 준우승을 차지하다가, 2013년부터 2021년까지 9년 동안 내리 우승을 차지하며 WK리그 최강자의 자리를 굳게 지키고 있다.

WK리그 선수는 군(軍)팀인 상무를 제외하고 매년 신인 드래프트를 통해 각 팀에서 선발한다. 2007년에 창단한 상무 역시 2015년 시즌까지는 드래프트를 통해 선수 지명권을 가졌다. 그러다 보니 매년 신인 드래프트 현장에서는 상무에 지명된 선수에게 "괜찮냐"는 질문이 쏟아졌다. 상무에 지명되면 본인 의지와는 상관없이 군인(하사) 신분으로 4개월간 군사훈련을 의무적으로 받고, 군인 신분을 유지해야 했기 때문이었다. 3년간 의무복무 기간이 끝나면 본인 희망에 따라 장기복무를 신청할 수 있지만 하사 1호봉 기준에 맞춰 상대적으로 낮은 급여를 받고, 민간인에서 군인으로 신분이 전환되기 때문에 이를 원치 않는 선수들도 많았다. 선수들은 상무 입단을 거부하면 2년간 실업팀에 선수등록을 할 수 없다는 규정으로 인해 울며 겨자 먹기 식으로 상무팀에서 뛰어야 했다. 여자 실업축구 선수 자격을 유지하기 위해서는 본인 의사와는 상관없이 군인으로의 신분 전환을 감내해야 했다.

선수들의 직업 선택 자유를 박탈하는 불합리한 드래프트 제도는 2015년 상무 입단을 거부한 최유리 선수의 용기 있는 결단으로 개선되었다. 최유리 선수는 2015년 상무팀에 지명됐지만 입단을 거부했고, 1년 동안 무적선수로 지내야 했다. 여자축구연맹은 상무를 설득해 최유리 선수가 다른 팀에서 뛸 수 있는 기회를 주기로 결정했다

(MBC, 2015.10.07.). 여자축구연맹은 2015년 12월, 선수 선발 세칙 개정을 통해 상무 구단 신인선수 선발은 별도 규정을 추가하여 드래프트에 참가하지 않는 대신 자체적으로 선수를 선발하기로 했다.

여자실업축구단과 이들이 참여하는 WK리그는 여자축구 저변 확대와 함께 축구선수들에게 직업적 안정성을 제공하는 역할을 한다. 실제로 세계적으로도 한국처럼 여자축구선수로서 온전히 축구에만 몰두할 수 있는 여건을 갖춘 나라는 영국, 미국, 일본 등 몇 나라가 되지 않는다. 2015년 캐나다 여자월드컵에서 한국 경기를 중계했던 독일 방송사의 전력 분석가 요한 카우퍼는 "독일 대표팀에도 축구에만 전념할 수 있는 전업 축구선수는 적다"며 한국을 부러워했다(연합뉴스, 2015.06.22.). 여자축구 저변이 취약한 한국이지만 적어도 엘리트 선수들의 축구 환경은 세계 정상급의 수준을 유지하고 있다. 그 중심에 WK리그가 있다.

운 좋게도 2020년 시즌에 WK리그를 가까이서, 그리고 자주 접할 기회가 있었다. 뛰어난 패싱 기술과 파워 넘치는 플레이, 빠른 공수전환 등 매번 박진감 있는 경기가 눈앞에서 펼쳐졌다. 코로나19로 인해 무관중으로 경기가 치러져 관중들의 함성과 응원이 없어 아쉬웠지만, 경기장은 선수들이 내뱉는 파이팅 구호와 코치진이 쉴 새 없이 떠들어대는 작전지시가 뒤섞여 활기가 넘쳤다. 남자축구 K리그와 비교할 필요도 없이 여자축구 WK리그는 그 자체로 재미있다. WK리그에 대한 대중들의 무관심과 낮은 인지도, 선수들의 열악한 처우가 우려되는가? 그리고 축구를 좋아하는가? 그럼 WK리그 경기장을 찾아 경기를 보길 바란다. 재미있다.

황금세대

한국 여자축구는 초창기부터 무한한 성장 가능성을 가진 종목으로 주목받았다. 축구와 유사한 종목인 핸드볼, 하키 등의 종목에서 한국 여자대표팀이 강세를 보여 왔고, 중국·일본·북한 등 한국과 비슷한 신체조건을 지닌 동아시아 국가들이 이미 세계 여자축구를 주름잡는 강팀으로서 위상을 차지하고 있었기 때문이다.

1990년대 후반부터 정부 차원의 적극적인 지원으로 각급 학교팀과 실업팀 창단이 활발해지고, 2000년대 들어 실업리그 운영 등으로 저변이 확대됨에 따라 변방에 머물던 한국 여자축구는 점차 국제무대에서 성과를 내며 잠재력을 현실화하였다.

먼저 아시아 지역예선에서 중국을 꺾고 3위로 본선에 진출한 2008년 FIFA U-17 여자월드컵 대회에서 브라질, 잉글랜드를 격파하고 8강에 올랐다. 8강에서 미국을 만나 아쉽게 4:2로 패하고 말았지만 연령별 월드컵 대회에서 거둔 역대 최고 성적이었다(이 대회 우승은 북한이 차지했다).

이어 세르비아 베오그라드에서 열린 2009년 하계 유니버시아드대회 결승전에서 일본을 4:1로 대파하고, 여자축구 종목 사상 최초로 금메달을 획득했다.

2010년에는 독일에서 열린 U-20 여자월드컵 대회에 참가하여 4강에 올라 3위를 차지했다. 조별예선에서 스위스와 가나를 물리치고 조 위로 8강에 올라 멕시코를 누르고 준결승에 진출했다. 독일에 아쉽게 패해 결승 진출에 실패한 한국은 3·4위 결정전에서 콜롬비아를 1:0으로 이겼다.

2008년 FIFA U-17 여자월드컵을 시작으로 2009년 하계 유니버시아드, 2010년 U-20 여자월드컵 대회에 모두 참가하며 한국팀의 공격을 이끈 선수가 있었으니, 현재 여자대표팀의 주축을 담당하고 있는 지소연 선수다. 지소연 선수는 2006년에 만 15세의 나이로 남녀 통틀어 역대 최연소 국가대표로 발탁된 '천재소녀'였다.

2010년 U-20 여자월드컵에 이어 U-17 여자월드컵 대회에서도 낭보가 전해졌다. 아시아 지역예선을 1위로 통과한 한국은 독일, 멕시코, 남아공과 같은 조에 편성됐다. 남아공, 멕시코를 차례로 꺾고 독일에 패한 한국은 조 2위로 8강에 진출했다. 8강전에서 나이지리아, 4강전에서 스페인을 차례로 누르고 결승전에서 일본을 만났다. 연장전까지 가는 접전을 펼친 끝에 승부차기에서 5:4로 일본을 꺾고 우승을 차지했다. 한국축구 역사상 최초이자 유일한 국제축구연맹(FIFA) 주관 대회 우승이었다.

FIFA 주관 대회에서 첫 우승을 차지한 여자청소년 대표팀   ©연합뉴스

2010년 U-20 여자월드컵 최고 스타가 지소연 선수였다면, U-17 여자월드컵 대회에서는 여민지 선수가 스타로 등극했다. 여민지 선수는 이 대회에서 모두 8골을 기록하며 대회 득점왕(골든부트), 최우수선수상(골든볼)을 거머쥐었다.

지소연, 여민지 등으로 대표되는 황금세대의 출현과 더

불어 연령별 대표팀이 각종 국제대회에서 거둔 성과는 여자축구대표팀의 전력상승으로 이어졌다. 2003년 이후 12만에 월드컵 본선티켓을 획득한 여자대표팀은 캐나다에서 열린 2015년 여자월드컵에서 브라질, 코스타리카, 스페인과 함께 한 조에 편성됐다. 브라질에 패하고, 코스타리카와 비긴 한국은 스페인과 조별리그 마지막 경기에서 2:1로 역전승을 거두며, 사상 최초로 월드컵 승리를 기록함과 동시에 16강에 진출했다. 16강전에서 강호 프랑스를 만나 고전하며 3:0으로 패하고 말았지만 역대 최고 성적으로 대회를 마무리했다.

　2019년 프랑스 여자월드컵에서 한국은 그야말로 천신만고 끝에 본선에 진출했다. 1차 지역예선에서 인도, 우즈베키스탄, 홍콩, 그리고 북한과 같은 조에 편성된 것이다. 조1위만 월드컵 지역예선 본선무대라 할 수 있는 아시안컵에 진출할 수 있기 때문에 반드시 북한을 넘어야 했다. 객관적 전력에서 북한에 열세했던 한국이 조1위를 차지할 수 있는 현실적인 방법은 북한을 이기거나, 북한에 비기고 골 득실차에서 북한에 앞서는 방법뿐이었다. 더구나 1차 지역예선은 원정팀의 무덤이라 할 수 있는 평양에서 열렸다. 한국은 북한을 상대로 먼저 한 골을 내줬지만 후반전에 동점골을 성공시키며 극적으로 무승부를 거두었다. 이어 인도, 홍콩, 우즈베키스탄을 각각 10:0, 6:0, 4:0으로 꺾으며 골득실 차에서 북한에 앞서 아시안컵 본선 진출권을 획득했다. 아시안컵 본선에서 호주, 일본, 베트남과 같은 조에 편성된 한국은 1승2무를 기록하고도 다득점에서 조3위로 밀려 필리핀과 플레이오프 끝에 가까스로 월드컵 본선에 성공했다. 하지만 월드컵 본선에서 프랑스, 나이지리아, 노르웨이에 모두 패하며 3패의 아쉬운 성적으로 대회를 마감했다.

축구협회는 2019년에 영국 국적의 콜린 벨 감독을 여자축구대표팀 감독으로 선임했다. 여자축구 사상 최초의 외국인 감독인 콜린 벨 감독에게 부여된 첫 번째 과제는 2020년 도쿄올림픽 본선 진출이었다. 한국은 1996년부터 시작한 올림픽 여자축구와 인연이 없었다. 32개 팀이 참가하여 아시아에 5장의 출전권이 부여되는 월드컵과는 달리, 올림픽은 단 12개 팀만이 참가하기에 아시아 출전권은 2장에 불과하다. 한국은 최종예선 플레이오프에서 중국을 상대로 1무1패를 기록하며 아쉽게 사상 최초 올림픽 본선진출이라는 꿈을 접어야 했다.

하지만 콜린 벨이 이끄는 여자대표팀은 2021년 10월에 열린 미국과의 친선경기에서 0:0 무승부를 기록하며 미국의 홈경기 22연승 기록을 마감시키는 등 탄탄한 전력을 갖추어 갔다.

이어 2022년 1월에 인도에서 열린 아시안컵 대회에서 역사상 처음으로 결승에 진출했다. 아쉽게 중국에 패하며 준우승에 머물렀지만 아시안컵에서 역대 최고 성적을 거둔 한국은 동시에 2023년 여자월드컵 출전권을 따내어 3회 연속 월드컵 진출에 성공했다. 2010년에 소녀들이 들어 올렸던 월드컵. 언젠가는 성인대표팀 선수들의 손으로 들어 올릴 날을 소망한다.

9. 소년들, 달리다

_ 청소년축구의 역사

붉은악마

청소년 축구대표팀은 일찍이 국제무대에서 두각을 나타
내며 아시아 맹주로서의 위상을 차지했다. 특히, 1950년
대 초반 아시안컵 초대 대회와 제2회 대회를 연달아 우승
하며 아시아 왕좌에 등극했던 성인대표팀과 마찬가지로
아시아 청소년선수권 제1회(1959년), 제2회(1960년) 대
회에서 연거푸 우승컵을 거머쥐었다.

아시아 청소년선수권대회는 당시 아시아축구연맹(AFC)
회장직을 맡고 있던 말레이시아의 수상, 압둘 라만에 의해
만들어졌다. 1959년 말레이시아에서 열린 초대 대회에서
한국은 4전4승의 성적을 거두며 우승을 차지했다. 이어
1960년에 역시 말레이시아에서 열린 제2회 대회도 4전4
승의 성적으로 우승했다. 이 대회는 1978년까지 매년 열
리다가 이후부터는 2년마다 개최되고 있다. 한국은 모두

12차례 우승하며 최다 우승국의 자리를 지키고 있다.

청소년대표팀은 세계 청소년축구선수권대회에서도 활약해왔다. 이 대회는 2005년 이후 FIFA U-20 월드컵이라는 이름으로 불리는데, 말 그대로 20세 이하 선수들이 참여하는 연령별 대회라는 의미이다.

1977년 튀니지에서 열린 초대 대회는 아시아 조별예선에서 탈락하며 출전하지 못했다. 이어 1979년 일본에서 열린 대회에 참가하여 1승2패를 기록하며 토너먼트 진출에 실패했다. 1981년 호주에서 열린 제2회 대회 역시 1승2패의 성적으로 대회를 마무리했다.

아시아권 대회에서는 정상 수준을 유지하며 맹주를 자처해오던 한국 청소년대표팀이었지만 세계 청소년축구선수권대회에서는 세계무대의 높은 벽을 실감하며 번번이 토너먼트 문턱을 넘지 못했다. 청소년대표팀의 기적 같은 성과는 1983년 멕시코 대회에서 나왔다.

박종환 감독이 이끄는 한국팀은 1983년 멕시코 대회 아시아 지역예선을 가까스로 통과했다. 1982년 8월, 싱가포르에서 열린 동부지역(동아시아) 예선에서 북한에 패해 3위로 밀려 아시아지역 최종예선에 진출하지 못했다. 하지만 북한이 1982년 뉴델리 아시아게임에서 심판을 구타한 사건으로 아시아 축구연맹(AFC)으로부터 2년간 자격정지

징계를 당하는 바람에 어부지리로 최종예선에 나갈 수 있었다. 같은 해 12월, 태국 방콕에서 열린 최종예선에서 우승을 차지하며 본선 진출권을 따냈다.

스코틀랜드, 호주, 그리고 개최국인 멕시코와 한 조에 편성된 한국은 첫 경기인 스코틀랜드전에서 0:2로 패했다. 반전은 조별예선 두 번째 경기인 멕시코와의 경기에서 시작됐다. 7만여 명의 멕시코 홈 관중이 운집한 가운데 펼쳐진 경기에서 한국은 후반전에 터진 신연호의 극적인 역전골로 2:1로 승리했다. 이어서 조별리그 마지막 상대인 호주마저 2:1로 격파하며 8강에 진출했다.

8강 상대는 두 차례나 성인 월드컵대회 우승 전력이 있는 강호 우루과이였다. 한국은 예상과는 달리 우루과이를 압도하며 전반전에 선취골을 기록하고 앞서 나갔다. 하지만 후반전 들어 마르티네스에게 동점골을 허용하며 수세에 몰렸다. 한국은 다행히 추가골을 허용하지 않았고, 양팀은 연장전에 돌입했다. 연장전이 시작한 지 얼마 되지 않아 한국팀의 해결사, 신연호 선수가 김종부 선수의 패스를 받아 결승골을 성공시켰다. 역사상 최초로 국제축구연맹(FIFA) 주관 대회에서 4강에 오르는 기적 같은 일이 펼쳐지는 순간이었다.

축구 변방에 머물던 한국팀의 선전에 해외 언론은 대표

팀을 '붉은 악마(악령) 군단', '성난 이리떼'라는 별명으로 불렀고, 대회가 열리던 멕시코에는 '코레' 열풍이 불었다 (경향신문, 1983.06.13.). 국내 언론도 이들의 활약에 고무되어, "한국축구 백년의 경사", "장하다 작은 거인들"(매일경제, 1983.06.22.)이라고 격찬했다. <경향신문> 1983년 6월 13일자 기사에 따르면, "박종환 감독이 독창적으로 개발한 숏패스와 기동력이 밑바탕을 이룬 한국형 축구가 거둔 값진 승리"라고 평가했으며, 당시 선수단장의 말을 인용해 "한국을 축구 후진국으로 대수롭지 않게 여기던 세계축구전문가들의 관심을 한국 쪽으로 돌린 기적적인 승리", "현지매스컴이 한국의 승리를 1면 톱기사로 취급할 만큼 대대적인 보도를 하고 있다"고 전했다.

　4강전에서 브라질을 만난 한국은 김종부 선수가 전반전에 선취골을 성공시키는 등 분투했지만 1:2로 패하고 말았다. 훗날 브라질 대표팀의 주축으로 활약하며 한국 축구팬들에게도 익숙한 베베투, 둥가 선수 등이 이 경기에 출전했다. 3·4위 결승전으로 밀려난 한국은 폴란드에게 1:2로 패하며 최종성적 4위로 대회를 마감했다.

　이 대회에서 붉은색 유니폼을 입고 투지 넘치는 플레이로 세계 축구팬들을 매료시킨 한국 청소년대표팀이 얻은 별명인 '붉은악마'는 1998년 프랑스 월드컵, 그리고 2002

년 한일 월드컵을 거치며 한국축구 대표팀을 응원하는 서포터즈의 이름으로 사용되었고, 지금까지도 한국축구의 투혼을 상징하는 용어로 쓰이고 있다.

대회를 마치고 귀국한 선수들은 카퍼레이드를 하고, 대통령으로부터 훈장을 수여받는 등 성대한 환영을 받았다. 일부 언론은 1981년 호주에서 열린 제3회 대회에서 깜짝 준우승을 하며 주목을 받았던 카타르가 이후 성인대표팀은 물론이고 청소년대회에서도 별다른 성과를 내지 못했던 점을 상기시키며, 멕시코 대회의 성과에 자만할 때가 아니라고 우려하기도 했다(동아일보, 1983.06.29.). 그런데 이러한 우려가 현실로 나타났다. 한국 청소년대표팀은 이후 1985년 소련 대회를 시작으로, 1987년 칠레 대회와 1989년 사우디 대회에 이르기까지 3개 대회 연속으로 아시아 지역예선에서 탈락하며 세계 청소년축구선수권대회에 나서지 못했다.

남북 단일팀

한국이 다시 세계청소년축구선수권대회 무대를 밟은 건 '멕시코 4강신화'를 이룬지 8년 만인 1991년 포르투갈 대회였다. 그런데, 경기장에 참가하는 한국팀 선수들의 유니폼에 태극기 대신 한반도기가 부착됐다. 팀 이름도 '한국'이 아니라 '코리아(KOREA)'였다. 남북 축구 단일팀의 등장이었다.

한국은 1990년 11월, 인도네시아 자카르타에서 열린 아시아 청소년축구선수권대회에서 우승하며 1991년 대회 참가 자격을 얻었다. 최종예선 결승전 상대는 북한이었다. 아시아 최종지역예선에서 1·2위로 출전 자격을 얻은 남북 양 팀은 같은 해 10월에 열린 통일축구대회를 계기로 세계 청소년축구선수권대회 남북 단일팀 구성 논의에 들어갔다.

1990년 11월, 제1차 남북체육회담을 시작으로 1991년 2월까지 모두 4차에 걸친 회담 끝에 남한과 북한은 1991년 4월에 일본 지바에서 열리는 세계탁구선수권대회와 같은 해 6월에 열리는 세계 청소년축구선수권대회에 단일팀을 구성하여 참가한다는 원칙에 합의를 이루었다. 남북 단일팀의 선수단 명칭은 '코리아', 영어로는 'KOREA'로, 선수단 단기는 오늘날 한반도기라는 이름으로 잘 알려진 흰색바탕에 하늘색 한반도 형상을 그려 넣은 형태의 깃발로 정했다. 또한 국가(단가)는 전통 민요인 아리랑으로 합의했다.

남북은 두 차례에 걸친 세계 청소년축구선수권 대회 참

가를 위한 실무위원회를 통해 대회 엔트리 규정인 18명에 맞춰 각각 9명씩 선수를 선발(최종 엔트리에는 남한 선수 10명, 북한 선수 8명이 선발됐다)하고, 5월 중에 서울과 평양에서 평가전을 치르기로 했다. 또한 서울과 평양에서 강화훈련(전지훈련)을 갖고, 대회 출전에 임박해서 해외 전지훈련도 실시하기로 했다.

이에 따라 1991년 5월 7일 서울에서 1차 평가전을 치르고, 5월 12일 평양에서 2차 평가전을 가졌다. 또한 5월 14일부터 4일간 평양에서, 5월 17일부터 4일간 서울에서 강화훈련(전지훈련)을 했다. 해외 전지훈련은 5월 22일부터 프랑스 툴롱 지역에서 5일간 실시할 예정이었지만 대회가 개최되는 포르투갈로 훈련장소를 변경했다. 남북은 이질적인 축구 스타일을 고수하고 있었고, 코칭스텝 간에도 전술패턴을 놓고 의견이 상충되어 단일팀의 팀워크를 다지는데 어려움을 겪었다(경향신문, 1991.05.30.). 하지만 훈련을 거듭할수록 조직력이 좋아지면서 대회를 앞두고 안정적인 전력을 갖추게 되었다.

남북 청소년 단일팀은 개최국 포르투갈을 비롯하여 아르헨티나, 아일랜드 등 세계적 강호들과 같은 조에 편성되어 험난한 조별예선이 예고됐다. 첫 경기에서 아르헨티나를 상대한 단일팀은 경기종료 직전 터진 조인철 선수(북한)의 결승골에 힘입어 세계 언론의 예상을 뒤엎고 1:0으로 승리했다. 이어진 아일랜드와의 경기에서 후반전에 선제골을 내주고 끌려가다가 경기 종료 1분을 남기고 최철 선수(북한)가 극적인 동점골을 성공시켰다. 조별예선 마지막 상대는 개최국 포르투갈이었다. 당시 포르투갈에는 이후 세계적인 스타플레이어로 성장한 루이스 피구, 주앙 핀투, 사비에르 등의 유망주가 포진하고 있었다. 단일팀은 분투했지만 1:0으로 패하였고, 1승1무1패의 성적으로 8강 토너먼트에 진출했다. 8강전에서 세계 최강 브라질을 상대로 1:5로 패하면서 대회를 마무리했다.

1991년 세계 청소년축구대회에 참가한 남북청소년축구 단일팀   ⓒ연합뉴스

언론은 "하나된 코리아 축구가 8강신화를 이뤘다", "한
민족의 잠재력을 세계에 떨쳤다"(동아일보, 1991.12.08.)
면서 남북 청소년 축구선수들의 성과에 찬사를 보냈다. 한
편 세계청소년축구대회에 앞서 일본 지바에서 열린 세계
탁구선수권대회에 출전한 남북 단일팀 탁구선수단은 여자
팀이 단체전에서 우승하며 전 국민에게 큰 감동을 안겼고,
이들의 이야기는 2012년에 남한에서 '코리아'라는 이름의
영화로 제작되었다.

지역더비전

1921년에 개최된 제1회 전조선축구대회를 시작으로 전
국고교축구선수권대회(1946년~2011년), 한국고등학교축
구연맹전(1965년~), 대통령 금배 전국고등학교축구대회
(1969년~) 등 전국 규모의 고교축구 대회가 해마다 열렸
다. 그러나 이들 대회는 1960~70년대 큰 인기를 끌었던
고교야구대회에 비해 국민적인 관심을 얻지 못했다. 웬만
큼 열정적인 축구팬이 아닌 이상 내 고장의 고교 축구팀
이 전국대회에서 어떠한 성적을 거두는지 관심을 두지 않
았다.

전국 규모의 고교축구대회가 축구팬들에게 외면받는 동

안에도 꾸준히 지역주민들의 관심을 사랑을 받아 온 대회가 있었으니 강릉 농상전(오늘날의 강릉 정기전), 제주 백호기 같은 지역더비전이 그것이다. 더비(derby)란 같은 지역을 연고지로 하는 두 팀의 라이벌 경기를 의미한다. 스페인 프로축구 레알 마드리드와 바르셀로나의 '엘클라시코 더비', 이탈리아 프로축구 인터밀란과 AC밀란의 '밀라노 더비' 등이 대표적인 더비 매치로 꼽힌다. 지역주민들은 내가 사는 고장에서 라이벌과 경기에 나서는 '내 고장 팀'에 열광적인 응원을 보낸다. 지역더비전은 경기수준과는 상관없이 그 자체로 흥미롭고 재미있다.

먼저 강릉 농상전('강릉 정기전'이 정확한 표현이다)의 역사는 1900년대 초반으로 거슬러 간다. <디지털강릉문화대전>에 따르면, 강릉 지역에서 축구는 1906년 초당영어학교가 개교되면서부터 시작되었다고 한다. 학교 교육을 통해 강릉에 도입된 축구는 점차 지역에서 저변을 확대해갔다. 1920년대에 들어 강릉지역의 축구는 강릉단오제를 통해 본격적인 지역 문화요소로 자리했다. 특히, 1925년부터 시작한 관동단양제축구대회는 일제 강점기라는 시대 상황 속에서도 전국적으로 50여 개 팀이 참가할 정도로 큰 규모를 자랑했다. 그러나 1940년대 들어 일제가 강릉단오제를 금지하면서 관동단양제축구대회도 막을 내렸다.

해방 후 강릉단오제가 부활하면서 관동축구대회가 단양제축구대회의 명맥을 이어갔는데, 강릉공립농업학교(1935년 개교)와 강릉공립상업고등학교(1941년 개교), 그리고 주문진수산공업고등학교(1946년 개교, 1998년 폐교) 등 지역 고교축구팀이 참여하여 삼파전을 벌였다. 1976년에 주문진수산공업고등학교가 빠지고, 강원도축구협회 주관으로 강릉공립농업학교와 강릉공립상업고등학교 간 정기전 형식으로 바뀌었다. 이후 두 학교 간의 정기전이 해마다 강릉에서 열리게 되었고, 이 대회는 한국 최대 고교 축구 라이벌전으로 떠올랐다.

강릉 농상전(또는 상농전)으로 불리던 이 대회는 2001년 강릉공립상업고등학교가 학교명을 제일고로 개명함에 따라 상일전 등으로 불리다가 2008년 제23회 대회부터 강릉단오제 축구정기전으로 명칭을 통일했다(강릉공립농업학교는 2011년에 중앙고로 개명). 양교 동문들의 과도한 경쟁의식과 재정난 등으로 존폐위기에 내몰린 적도 있지만 코로나19 상황으로 대회가 취소된 2020년 이전까지 단 6회만 제외하고 해마다 대회가 열렸다. 특히, 2014년 대회는 제일고가 강원FC 유스팀으로 지정된 것에 반발한 중앙고 총동문회가 대회 보이콧을 선언하면서 열리지 못했다. 이로써 두 학교의 정기전은 중단 위기에 처했지만 이 대회가 두 학교뿐 아니라 시민 모두의 축제인 만큼 대회를 계속하자는 지역여론이 강하게 형성되어 재개되었다.

강릉 농상전의 명성에는 미치지 못하지만 제주에서 열리는 백호기 축구대회(정식명칭은 백호기 쟁탈 전도 청소년축구대회) 역시 농상전 못지않은 역사와 전통을 자랑하는 대회이다.

1971년 제주신문(오늘날의 제주일보)이 지역 축구활성화를 위해 창설한 이 대회는 초기에는 초등부 5개 팀만이 참여하는 작은 대회였지만 주최 측의 꾸준한 홍보와 지역주민의 호응에 힘입어 제주 지역 초중고 축구팀이 다수 참가하는 제법 규모 있는 대회로 성장했다. 특히, 제주 지역 고교축구 전통적 라이벌인 오현고와 제일고의 대결이 지역민들의 큰 관심을 끌었고, 여기에 대기고가 합세하여 삼파전 양상을 보인다. 백호기 축구대회는 국내에서 축구 불모지로 여겨졌던 제주 지역의 축구 수준을 도약시켰고, 1984년·1995년 전국체육대회와 2004년·2008년 전국고교 축구대회에서 제주 지역 축구팀이 우승하는 성과를 내는 데 기여하였다.

강릉 농상전, 제주 백호기 대회는 축구 경기 외에도 3군 사관학교 체육대회에서나 볼 수 있었던 조직적인 매스게임 방식의 응원이 흥미로운 볼거리를 제공한다. 또한 두 대회는 지역 고교(청소년) 팀들이 펼치는 단순한 지역 축구대회를 넘어 지역민들의 화합과 단결을 도모하는 축제의 장으로서 역할하고 있다. 하지만 응원에 동원되는 학생들의 학습권 침해 논란, 과도한 경쟁심이 유발한 학교동문간의 갈등 등은 개선해야 할 과제로 남았다.

백호기 대회에서 재교생들이 펼치는 조직적인 응원은 특별한 볼거리를 제공한다. 사진은 오현고 학생들의 응원모습　　　©제주일보

Play, Study, Enjoy

한국 청소년축구는 여타 종목과 마찬가지로 국가주도의 엘리트체육 정책에 기초를 두고 성장해왔다. 엘리트 체육

정책은 국제대회에서 메달획득 가능성을 높여 국위선양에 기여할 수 있도록 특정소수의 엘리트선수들을 집중적으로 투자, 육성하는 체육정책을 말한다. 이는 역사적으로 국가주의와 밀접히 관련되는데, 한국의 엘리트 체육정책 역시 국가적인 목표에서 출발했다.

박정희 정권에서 시작하여 전두환 정권에서 전성기를 맞은 엘리트 체육정책은 시민사회의 민주화 요구에 대응하면서 정권의 정통성을 확보한다는 목적으로 추진됐다. 그 중심에는 학교체육이 있었고, 우수 선수들을 발굴하고 이들이 세계적인 수준에 도달하도록 집중적으로 훈련시켰다. 이러한 엘리트 체육정책에 따라 각급 국가대표팀 선수들은 각종 세계대회에서 입상하며 국위를 선양했다. 어떤 목적에서 시작되었던 간에 엘리트 체육정책은 한국 스포츠를 발전시킨 원동력이기도 했다.

엘리트 체육정책은 필연적으로 성적지상주의를 불러온다. 엘리트 학생선수들은 재학기간 동안 각종 대회에서 좋은 성적을 내지 못하면 대학 진학을 포기해야 했고, 정상급 실력에 도달하지 못하면 프로선수가 되지 못해 낙오자가 되어야 했다. 엘리트 선수로서 많은 시간과 비용을 투자하고, 훈련시간을 확보하느라 수업에 참여하지 못해 학습권을 보장받지 못한 수많은 학생선수들이 불합리한 구조적 환경에 내몰려 중도에 운동을 그만두거나 조기에 은퇴하는 경우가 빈번하게 발생했다.

축구협회는 이러한 엘리트 체육정책의 폐단을 극복하고자 공부와 축구를 함께할 수 있는 다양한 방법을 모색해왔다. 2009년부터 시작된 초중고 주말리그가 대표적인 경우다. 협회는 'Play, Study, Enjoy'를 슬로건으로 내걸고 '공부하는 축구선수' 육성을 위해 학기 중 토너먼트 대회는 전면 폐지하고 협회가 인정하는 방학 중 대회만 예외적으로 개최할 수 있도록 했다. 경기는 토요일과 일요일 등 주말에만 진행하여 선수들이 학교 수업에 빠지는 일이 없도록 했다(연합뉴스, 2009.04.02.).

그동안 각종 토너먼트 대회가 학기 중에 열려 선수들의 수업 결손이 많았고, 단기성과에 대한 집착으로 이기는 축구에만 열을 올렸다. 주말리그는 공부보다 축구를 우선하면서 이기는데 집중했던 학원축구 문화를 '운동하고, 공부하고, 즐기는' 축구로 변모시키는데 기여했다. 또한 축구 저변확대와 학부모들의 경제적 부담을 경감시키는데도 도움이 됐다. 무엇보다 공부와 축구를 병행하는 주말리그 시행으로 축구선수로서 중도에 운동을 포기하거나 프로에 진출하지 못하더라도 다른 분야로의 사회진출 가능성이 열렸다는 것이 가장 다행스러운 점이다.

축구협회에 따르면, 주말리그 출범 첫해인 2009년에는 총 576개 팀이 참가했는데 차츰 해를 거듭할수록 참가 규모가 늘어 최근에는 800개 팀 가까이 참가하고 있다. 리그는 통상 3월부터 10월까지 권역별 리그가, 11월에는 권역리그 상위 팀들이 참가하는 왕중왕전이 열린다. 2019년부터 초등부와 중학부 왕중왕전은 '꿈자람 페스티벌'이라는 이름으로 열린다. 왕중왕전은 2015년부터 2018년까지는 전후반기로 나누어 두 차례 열렸는데, 2019년부터는 연 1회 개최하는 형태로 변경되었다. 역대 성적을 보면 초등부는 서울신정초등학교(4회), 중등부는 수원매탄중(2회), 고등부는 포항제철고(4회)가 최다 우승을 기록하고 있다.

K리그 주니어

유럽 명문 축구 구단들은 체계적이고 과학적인 유스시스템을 갖추고 있다. 대표적으로 스페인 프로축구의 FC바르셀로나는 요한 크루이프의 축구 철학이 살아있는 '라 마시아'라는 유스시스템을 운영하고 있다. 라 마시아는 세계의 수많은 축구 꿈나무들이 가장 가고 싶은 유스클럽이기도 하다. 한국의 이승우, 백승호 등의 선수들도 유소년 시절 이곳에서 세계 유망주들과 함께 성장했다. 이탈리아 프로축구 유벤투스의 경우에도 1970년대 '프리마베라'라는 유스시스템을 통해 세계적인 명문 구단으로 발돋움했다.

한국프로축구연맹 역시 유소년 축구의 저변확대와 유망주 발굴을 위해서 K리그 클럽시스템 정착의 필요성을 절감하여 2006년, K리그 전구단을 대상으로 유소년팀의 보유를 의무화하기로 했다(연합뉴스, 2006.08.10.). 연맹은 2007년 12월, 각 구단 감독과 협회 실무자 등이 참석한 가운데 유소년 축구 발전방안 토론회를 개최하고 2008년부터 K리그 각 구단 유스팀(U18)들이 참가하는 연중리그를 실시하기로 합의했다.

SBS 방송사가 후원하여 'SBS 고교클럽 챌린지 리그'라는 이름으로 시작된 이 대회는 수원삼성(매탄고) 등 4개의 중부팀과 울산현대(현대고) 등 4개의 남부팀으로 나누어 조별리그를 치렀다. 경기는 주말에 열려 선수들은 학업을 병행할 수 있고, 기량이 빼어난 선수는 소속 클럽의 프로축구 2군 경기에 뛸 수 있는 기회도 주어졌다.

2012년부터는 아디다스사가 후원을 맡아 '아디다스 올인 챌린지리그'라 불리다 2014년부터 'K리그 주니어'라는 현재의 명칭으로 변경됐다. 또한 2015년부터 자체 경쟁력 강화를 위해 유스 챔피언십 대회를 신설하였고, 2017년에는 저학년 리그인 U17, 2019년에는 U15·U14 리그를 함께 운영하고 있다. 그리고 2017년부터 K리그 주니어 대회 모든 경기에 영상 및 EPTS(GPS) 분석시스템 등을 도입하여 프로선수 못지않게 유소년선수들의 경기력 및 선수 육성 체계를 강화하고 있다.

또한 연맹은 2013년부터 우수지도자 양성을 위해 K리그 유소년 지도자들을 대상으로 영국, 스페인 등 유럽 축구 선진국에서 해외연수 프로그램을 실시하여 유럽 선진 구단들의 유소년 시스템을 현장에서 익히도록 하고 있다. 아울러 2017년부터 유소년 클럽 평가 인증제인 '유스 트러스트'를 도입했는데, 2년마다 각 구단 유소년 클럽을 32개 영역 124개 세부 평가기준에 따라 평가하여 부족한 점을 채울 수 있도록 가이드라인과 컨설팅을 제공하고 있다.

연맹의 적극적인 지원과 각 구단의 노력으로 K리그 유소년 시스템은 안정적으로 정착하여 리그 활성화와 각급 대표팀 전력 향상에 크게 기여하고 있다. 특히 K리그 내에서 유스클럽 출신 선수들의 비중은 해마다 늘고 있는데, 2020년 들어서는 30%를 상회하는 수준이다. 스페인, 독일 등 유스 시스템이 선진화된 유럽 국가들도 그 비중이 20% 내외에 그치고 있는 점을 상기할 때 K리그는 유스 클럽의 자체 활용도가 높은 리그라고 할 수 있다. 최근 K

리그는 물론 대표팀에서 활약하고 있는 조규성, 이동준, 엄원상, 이동경, 김승규 등 많은 선수들이 K리그 유스 클럽을 통해 성장한 선수들이다.

연령별 대표팀이 국제대회에서 거둔 성과 역시 K리그 유스 시스템 정착에 따른 성과라 할 수 있다. 2018년 금메달을 획득한 자카르타-팔렘방 아시안게임에 출전한 15명의 K리그 선수들 중에 12명이 유스 클럽 출신이고, 이듬해 준우승이라는 사상 최고 성적을 달성한 U-20 폴란드 월드컵 대회의 주역 역시 K리그 유스 출신들이 주축을 이뤘다. 2020년 아시아축구연맹 U-23 챔피언십을 우승하고, 2020년 도쿄올림픽에 출전했던 선수들 역시 다수가 K리그 유스 출신들이었다.

2022년 시즌에는 K리그 산하 U18 22개팀, U15 22팀 등이 주니어 리그 우승컵을 향해 뜨겁게 달리고 있다. 100년이 넘는 역사적 전통을 지닌 유럽의 명문 구단들에 비하면 여전히 부족한 점이 많지만, 10여 년이 넘는 시간 동안 연맹을 중심으로 K리그 각 구단이 유스 시스템 정착을 위해 쏟은 노력이 적지 않다. 또 그러한 노력과 투자가 낳은 성과 역시 뚜렷하다. 그래서 꿈을 향해 내달리는 소년들의 발걸음이 더욱 기대된다.

10. 버스위에 올라선 사람들

_ 월드컵 도전사

월드컵의 시작

19세기 중반부터 유럽·남미 지역으로의 축구 보급이 활발해지고, 국제시합이 점차 보편화됨에 따라 각국의 축구협회를 이끌 수 있는 대표기구 설립 필요성이 대두하였다. 하지만 당시 세계축구의 중심이던 잉글랜드가 여기에 소극적인 입장을 보이자, 결국 프랑스 주도로 1904년 스위스, 벨기에, 네덜란드, 스페인 등 유럽 7개국이 중심이 되어 국제축구연맹(FIFA)을 창설하고 초대 회장은 프랑스 출신의 로베르 게랑이 맡았다. 연맹은 창설 초기부터 세계대회 개최를 추진했지만 당시 열악한 교통·통신망의 한계에 부딪혀 성사되지 못했다.

1906년 뒤늦게 잉글랜드, 스코틀랜드, 아일랜드, 웨일즈가 연맹에 가입하고 잉글랜드 출신의 다니엘 울펄이 2대 회장직을 맡았다. 울펄회장 취임 이후 연맹은 제각각이었던 각국의 축구규칙을 잉글랜드를 기준으로 통일하고 정비했다. 한편 1908년 런던 올림픽에 축구를 정식종목으로 채택시키고, 다른 종목과는 달리 올림픽 축구는 IOC가 아닌 국제축구연맹(FIFA) 주관 하에 진행하도록 했다. 남아공(1910년)·아르헨티나와 칠레(1912년)·미국(1913년) 등이 추가로 가입하면서 국제축구연맹(FIFA)은 유럽·아프리카·아메리카 대륙을 아우르는 진정한 국제축구 대표기구로서의 위상을 확보해갔다.

국제축구연맹(FIFA)은 세계대회 개최를 적극 추진했지만 1914년 발발한 제1차 세계대전으로 인해 무산되고 말았다. 더욱이 세계대전의 영향으로 영국 등 연합국과 독일 등 패전국들이 서로 국제경기를 치르는데 반감을 갖게 되어 세계대회 개최 실현은 더욱 멀어졌다.

다니엘 울펄에 이어 프랑스 출신의 줄 리메가 회장으로 취임한 이후에도 세계대회 개최를 위한 연맹은 노력은 계속되었지만 회원국들의 지지를 얻지 못했다. 그런데 IOC가 1932년에 열리는 LA올림픽에서 축구를 정식종목에서 제외한다는 방침을 정하자 상황이 급변했다. 위기의식을 느낀 국제축구연맹(FIFA)은 1928년 5월, 암스테르담에서 열린 총회에서 1930년에 제1회 월드컵을 열고 대회를 4년마다 개최하기로 합의했다.

총회에서 결정한 제1회 월드컵 대회 개최지는 남미의 우루과이였다. 국제축구연맹은(FIFA)는 우루과이가 1924년·1928년 올림픽을 2연패했다는 이유 등을 들어 초대 월드컵 개최지로 선정했다. 유럽 국가들은 초대 월드컵이 세계축구의 중심인 유럽이 아니라 남미에서 개최하는 데에 강한 불만을 들어냈다. 줄 리메 회장을 중심으로 한 연맹의 적극적인 설득으로 프랑스, 루마니아, 벨기에, 유고 등 유럽 4개국이 참가하게 되었고, 이에 초대 월드컵은 당초 16개국에서 13개국이 참가한 축소된 규모로 열렸다.

월드컵은 세계인들을 열광하게 만든다. 2018년 월드컵 프랑스 우승 당시 모습
©wikipedia

제2회 대회는 1934년 이탈리아에서, 제3회는 1938년 프랑스에서 열렸는데 초대 대회 당시 유럽 국가들이 그랬

듯이 우루과이를 비롯한 남미 국가 대부분이 장거리 이동의 어려움 등을 이유로 불참했다. 제3회 대회 이후 제2차 세계대전 발발로 인해 월드컵은 12년간 중단되었고, 마침내 1954년 스위스 대회에 이르러 아시아를 비롯한 각 대륙의 팀들이 참가하는 진정한 월드컵의 모습을 갖추게 되었다. 한국 월드컵의 역사도 이때부터 시작되었다.

1954년 스위스, 첫 도전

1954년 3월, 아시아 지역예선에서 일본을 누르고 스위스 월드컵 출전권을 따낸 한국은 김윤기를 단장으로 20명의 선수단을 꾸려 같은 해 6월 9일, 대한국민항공사(오늘날의 대한항공) 비행기 편으로 스위스로 출발했다(조선일보, 1954.06.11.).

대표팀은 첫 경기 예정일로부터 하루 전날인 6월 16일 밤에서야 대회가 열리는 취리히에 도착했다. 한국전쟁 직후 어려운 경제 사정으로 미리 도착해서 충분한 적응훈련을 할 수 없었던 대표팀은 세계적 강호 헝가리, 터키 등과 한 조로 편성되어 험난한 길이 예고되어 있었다.

6월 17일 오후 3시, 헝가리와의 역사적인 월드컵 첫 경기가 열렸다. 헝가리는 1950년부터 1954년 스위스 월드컵 결승전에서 패배할 때까지 무려 30경기 무패를 기록한 당시 유럽축구 최강국이었다. '매직(마법)을 쓰는 마자르 (헝가리 민족)'라는 뜻에서 '매직 마자르'라는 별명을 갖고 있던 헝가리 대표팀에는 2020년에 손흥민 선수가 수상하여 화제가 되었던 푸스카스상의 주인공 페렌츠 푸스카스와 황금머리로 불리던 산도르 콕시스 등 당대 최고 수준의 선수들이 포진해 있었다.

경기가 시작하고 10분 정도까지는 실점 없이 헝가리의 거센 공격을 막아내던 한국은 전반 12분 푸스카스에게 첫 골을 내준 이후부터 무너지기 시작했다. 전반전에만 5골을 허용하고, 후반전 들어 추가로 4골을 허용하여 0:9로 무참히 패하고 말았다.

헝가리는 경기시작 10시간 전에 스위스에 도착하여 시차적응 훈련도 하지 못한 한국팀이 맞서기에는 벅찬 상대였다. 이 경기에서 나온 0:9 스코어는 1974년 서독 월드컵에서 자이르(유고전, 0:9), 1982년 스페인 월드컵에서 엘살바도르(헝가리전, 1:10)와 함께 월드컵 최다골 차이 패배 기록으로 남았다.

한국은 사흘 후인 6월 20일 오후 5시, 터키를 상대로 두 번째 경기에 나섰다. 헝가리에 비해서 수월한 상대라 여겼던 터키였지만 헝가리전에서 힘이 다 빠진 한국선수들의 움직임은 무뎠다. 전반전에만 4골을 허용한 한국은 후반전에 3골을 추가 실점하면서 0:7으로 패했다.

전후 열악한 국내 사정으로 제대로 된 선수단조차 꾸릴 수 없었던 한국으로선 세계의 벽은 높아도 너무 높았다. 처음 출전한 월드컵에서 호된 신고식을 치른 축구대표팀은 1954년 7월 8일에 귀국하였다. 선수단을 이끈 김윤기 단장은 귀국 인터뷰에서 "우리 원정단으로서 최선을 다하여 싸웠으며 워낙 큰 실력차이로 성과를 내지 못하였으나 앞으로 우리나라의 축구경기 발전에 있어서 좋은 경험을 얻게 된 것만으로도 만족할 뿐이다"라고 소회를 밝혔다 (조선일보, 1954.07.10.).

잃어버린 32년

한국은 1954년 스위스 대회 이후 1986년 멕시코 대회에 출전하기까지 32년간 월드컵 무대를 밟지 못했다. 1958년 스웨덴 월드컵은 축구협회 직원이 참가 신청서를 분실(연합뉴스, 2009.06.07.)하는 바람에 아예 예선조차 치르지 못했다.

1962년 칠레 월드컵은 유고슬라비아와의 플레이오프 경기에서 패하여 최종예선을 탈락했다. 당시 출전권은 유럽,

남미에 집중되고 상대적으로 축구 약체로 여겨지던 북중미, 아시아, 아프리카 등 3개 대륙에는 전체 16개 출전권 중 겨우 1.5장만이 할당되었다. 아시아 국가가 월드컵에 진출하기 위해서는 가시밭길을 걸어야 했다. 일본과의 지역예선에서 2연승을 거두고 인도네시아의 기권으로 플레이오프에 진출한 한국은 유럽예선에서 폴란드를 누르고 올라온 유고슬라비아를 상대해야 했다. 베오그라드에서 열린 원정 경기에서 1:5로 패하고, 이어 효창운동장에서 펼쳐진 홈경기에서도 1:3으로 패하며 예선 탈락했다.

1966년 잉글랜드 월드컵은 북한과의 맞대결을 피하고자 예선출전을 기권했다. 이 때문에 국제축구연맹(FIFA)으로부터 벌금 납부 징계까지 받았다.

1970년 멕시코 월드컵은 호주에게 발목을 잡혔다. 지역예선은 한국, 일본, 호주가 삼파전을 벌였다. 한국은 예선 1차전에서 일본과 무승부를 기록하고, 호주에게 패배를 당했다. 이어진 2차전에서 일본에게 승리한 한국은 월드컵 진출을 위해서는 남은 호주와의 경기에서 반드시 이겨야 했다. 하지만 호주와 1:1로 무승부를 기록하는 바람에 본선진출이 좌절되었다. 경기 막판 페널티킥을 얻었지만 득점을 성공하지 못해 더욱 아쉬운 결과였다. 호주는 최종예선에서 이스라엘에게 패해 월드컵 진출에 실패했다. 당시 언론은 호주선수들이 평균 신장 179cm으로 유럽형 장신 체격을 갖췄다고 보도했다(경향신문, 1969.10.04.). 이로부터 50여 년이 흘러 2018년 독일 월드컵에 출전한 한국선수들의 평균 신장은 182.2cm, 호주선수들은 181.3cm였다.

1974년 서독 월드컵 아시아 지역예선에서 호주는 또다시 한국의 발목을 잡았다. 태국, 말레이시아, 이스라엘과 같은 조에 묶인 한국은 1승2무의 성적으로 준결승에 진출했다. 이어진 준결승에서 홍콩을 꺾은 한국의 결승전 상대는 호주였다. 우승팀만이 월드컵 진출 자격을 얻을 수 있었다. 홈앤드어웨이 경기에서 연달아 무승부를 기록한 두 팀은 제3국인 홍콩에서 3차전을 치렀다. 한국은 무기력한 경기 끝에 1:0으로 패하고 말았고, 호주는 사상 처음으로 월드컵 본선 진출에 성공했다.

1978년 아르헨티나 월드컵 지역예선에서 이스라엘, 일본, 북한과 한조에 편성됐다. 하지만 북한이 기권하여 이스라엘, 일본과 최종예선을 다퉜다. 2승2무로 최종예선에 진출한 한국은 이란, 호주, 쿠웨이트, 홍콩과 출전권을 놓고 경쟁했는데, 3승4무1패의 성적으로 조2위에 머물러 이란에게 밀려 월드컵 출전이 좌절되었다.

1982년 스페인 월드컵 역시 아시아 지역예선을 통과하지 못해 출전하지 못했다. 한국은 말레이시아, 태국, 쿠웨이트와 같은 조로 묶였다. 말레이시아, 태국을 차례로 격파한 한국은 마찬가지로 2연승을 거둔 쿠웨이트와 최종예선 진출을 위해 격돌했다. 한국은 쿠웨이트에게 후반전 5분에 선제골을 허용했다. 이어 동점골을 성공시켰지만 주심의 석연치 않은 판정으로 득점이 취소되고 말았다. 후반전에 1골을 더 허용하며 2:0으로 패해 최종예선 진출에 실패했다.

1986 멕시코, 첫 득점

아시아지역 1차예선에서 비교적 약체로 평가되던 네팔, 말레이시아와 한 조에 편성됐다. 하지만 네팔을 상대로 2:0으로 신승을 거두고, 말레이시아와 두 번째 경기는 0:1로 충격패를 당했다. 위기를 느낀 축구협회는 대표팀을 이끌던 문정식 감독을 경질하고, 김정남을 감독으로 선임했다. 나머지 두 경기를 모두 이긴 한국은 2차예선에서 인도네시아를 누르고 일본과 최종예선에 나섰다. 1986년 대회부터 아시아 대륙에 처음으로 2장의 본선 진출권이 주어짐에 따라 동아시아와 서아시아 각각 1개 팀이 본선에 오를 수 있었다. 한국은 일본을 상대로 2연승을 거두며 1954년 스위스 대회 이후 32년 만에 월드컵 본선 무대에 나서게 되었다. 10회 연속 월드컵 본선 진출 역사가 시작되는 순간이었다.

본선에서 아르헨티나, 불가리아, 이탈리아와 함께 '죽음의 조'에 편성되었다. 첫 경기 상대 아르헨티나는 초대 월드컵 준우승을 비롯하여 자국에서 열린 1978년 대회를 우승하는 등 세계 최강팀 중에 하나였다. 특히 아르헨티나에는 당대 최고 스타, 디에고 마라도나가 포진해 있었다. 한국은 전반전에 두골을 허용하고, 후반전에 1골을 더 내주어 3:0으로 끌려가다 후반 28분 박창선 선수가 통쾌한 중거리 슈팅으로 한 골을 만회하였다. 박창선 선수의 득점은 월드컵 역사상 한국이 기록한 첫 득점이었다. 한편 '진돗개' 허정무 선수는 혼신을 다해 마라도나를 전담 마크를 했는데, 다소 거친 그의 플레이에 외신들은 '태권축구'라는 불명예스런 별명을 지어줬다. 2017년에 국제축구연맹(FIFA) U-20 월드컵 조추첨식을 위해 한국을 방문한 마라도나는 허정무와 재회했고, 1986년 월드컵에서의 허정무를 기억한다고 밝혔다.

비록 첫 경기에서 패했지만 세계 최강 아르헨티나를 상대로 득점에 성공하는 등 나름대로 선전했던 한국은 불가리아를 다음 상대로 맞아 시종일관 자신감 넘치는 플레이를 펼쳤다. 전반전에 아쉽게 1골을 허용했지만 후반전에 1골을 따라 붙으며 불가리아 문전을 위협했다. 비록 1:1로 무승부를 기록했지만 사상 최초로 월드컵에서 승점을 얻은 데에 만족해야 했다.

조별예선 마지막 상대는 직전 대회인 1982년 스페인 월드컵 우승팀인 이탈리아였다. 아르헨티나에 이어 또다시 세계 최강팀 중 하나를 상대하게 된 한국은 이탈리아가 압승을 거둘 거라는 외신들의 예상을 깨고 두 골을 성공시키며 3:2로 아쉽게 패했다. 토너먼트 진출에는 실패했지만 세계적 강팀들을 상대로 분투하며 한국축구의 희망과 가능성을 보여준 대회였다.

1990 이탈리아, 빛바랜 캐논 슛

아시아 지역예선에서 9승2무라는 역대 최고 성적으로 월드컵 본선 진출에 성공했다. 벨기에, 스페인, 우루과이와 본선에서 한조에 편성되었다. 지난 대회에서 아르헨티나, 이탈리아 등 강팀을 상대로 좋은 경기력을 보여줬고, 아시아 지역예선을 무패로 통과했던 한국이기에 대표팀을 향한 기대는 어느 때보다 컸다.

언론은 "월드컵 축구 16강 관문이 보인다(동아일보,

1990.04.29.)", "월드컵 16강길 일단 '푸른신호'(조선일보, 1990.03.09.)", "한국축구 첫 월드컵 16강 노린다(한겨레, 1990.01.01.)" 등의 기사를 쏟아내며 한국팀의 16강 진출에 기대감을 보였다. 월드컵 대회가 열릴 때마다 언론이 마치 16강 진출이 지상과제이자 국민적 염원인 것 마냥 뉴스를 도배하는 행태가 아마 이때부터 시작된 듯하다. 16강 진출, 즉 본선무대에서 조별리그 통과는 과정일 뿐 최종목표가 될 수 없다. 국민들은 16강 진출, 그 결과 자체보단 객관적인 전력에서 한국보다 앞설 수밖에 없는 세계적인 팀들을 상대로 선수들이 보여주는 매 경기 최선을 다하는 모습에 더 큰 감동을 얻기 마련이다.

한국은 첫 경기 상대로 벨기에를 맞아 시종 위축된 플레이를 일관하다 후반전에만 두 골을 허용하여 0:2로 패했다. 두 번째 상대는 유럽의 전통적 강호 스페인이었다. 전반전에 1점을 먼저 실점한 한국은 전반전이 끝나기 직전에 얻은 프리킥 찬스에서 황보관 선수가 '캐논 슛'으로 동점골을 터뜨렸다. 무려 114km/h의 엄청난 속도로 스페인 문전으로 빨려 들어간 황보관 선수의 골은 1990년 이탈리아 월드컵 베스트 5골 장면에 선정되기도 했다. 하지만 후반전에 스페인에게 2골을 더 헌납하며 3:1로 패했다. 마지막 상대인 우루과이에게도 0:1으로 패하면서 3경기 전패의 기록으로 대회를 마감했다.

1994 미국, '졌잘싸'

1994년 미국 월드컵 아시아 지역예선을 앞두고 국가대표팀 감독을 전임하는 '전임 감독체제'를 가동시켰다. 기존까지는 프로팀과 대표팀 감독을 겸임하는 체제였는데, 전임 감독체제로의 전환은 대표팀의 기량향상과 안정적인 선수관리를 위한 조치였다. 협회는 김호를 초대 전임감독으로 선임했다(한겨레, 1992.07.09.).

아시아 1차예선을 7승1무 성적으로 가볍게 조1위로 통과한 한국은 북한, 이란, 사우디아라비아, 이라크, 일본과 함께 풀리그 형식으로 최종예선을 치렀다. 2위까지 주어지는 본선행 티켓을 두고 5개국이 치열한 경쟁을 벌였다. 마지막 예선경기인 북한전을 앞두고 한국이 월드컵에 진출할 수 있는 경우는 수는, 북한을 2점 차이 이상으로 이기고 일본 또는 사우디아라비아가 남은 한 경기에서 무승부 이하의 성적을 거두는 것이었다.

한국은 북한을 상대로 시종 우세한 경기를 펼쳐 3:0으로 경기를 마쳤다. 같은 시각에 경기를 갖던 사우디아라비아는 이란을 4:3으로 이기며 경기를 마쳤다. 일본은 이라크를 상대로 2:1로 리드한 가운데 경기 종료를 앞두고 있었다. 이대로 경기가 끝나면 한국은 일본에게 월드컵 진출권을 내줘야 했다. 그런데 기적 같은 일이 벌어졌다. 후반전 추가시간에 이라크가 동점골을 터뜨린 것이다. 결국 경기는 그대로 종료가 되었고, 일본의 경기 결과를 알게 된 한국선수들은 날뛰듯 기뻐했다. 일본선수들은 경기장에 드러누웠고, 일본에서 경기를 시청하던 일본 국민들은 망연자실할 수밖에 없었다. '도하의 기적'이었다. 일본전에서 동점을 기록한 이라크의 자파르 선수는 1994년 1월, 아시아 미술문화협회 초청으로 한국을 방문했다. 당시 언론은 그를 "한국 축구의 은인(경향신문, 1994.01.01.)"이라 불렀다.

본선에서 스페인, 볼리비아, 미국과 한 조에 편성됐다. 첫 상대인 스페인을 상대로 전반전을 0:0으로 마친 한국은 후반전 들어 10분 만에 두 골을 연달아 실점했다. 하지만 40℃가 넘는 폭염 속에서 스페인 선수들의 움직임은 점차 둔해졌고, 한국은 반격에 나섰다. 후반 40분, 홍명보의 만회골을 시작으로 경기 종료 직전 서정원 선수의 극적인 동점골이 터졌다. 외신들은 한국의 지치지 않는 체력과 투지에 감탄했다.

두 번째 상대는 남미의 볼리비아였다. 남미 지역예선에

서 브라질을 꺾었던 볼리비아였기에 우습게 볼 수는 없지만 한국으로서는 월드컵 첫 승의 제물로 노려볼 만했다. 외신들의 평가도 이와 크게 다르지 않았다. 경기가 시작하자 예상대로 한국이 공격의 주도권을 차지하며 볼리비아를 강하게 압박했다. 한국에게 몇 차례 결정적인 찬스가 주어졌지만 득점으로 성공시키지 못했고, 경기는 아쉽게 0:0 무승부로 끝나고 말았다. 황선홍을 비롯한 한국 선수들의 슈팅이 빈번하게 골대 위로 뜨고 말았는데, 어느 TV 해설자는 한국 선수들이 어릴 적부터 잔디가 아닌 맨땅에서 축구를 해왔기 때문이라며 열악한 국내 축구환경을 탓했다.

볼리비아전의 아쉬움을 삼킨 채 마지막 상대인 독일과의 경기에 나섰다. 클린스만이 이끄는 독일팀은 전차군단이라는 별명에 걸맞게 막강한 공격력으로 한국을 몰아쳤다. 독일은 전반 12분에 클린스만의 그림 같은 발리슛 득점을 시작으로 전반전에만 3골을 성공시켰다. 하지만 스페인 선수들과 마찬가지로 후반전에 들어서 독일 선수들도 폭염에 지쳐갔다. 한국은 황선홍 선수의 득점을 시작으로 홍보명 선수가 시원한 중거리 슛으로 만회골을 터뜨렸다. 3:2까지 따라붙은 한국은 더욱 거세게 독일 문전을 위협했다. 하지만 더 이상의 추가 득점은 없었고, 아쉽게

3:2로 패하고 말았다. 비록 패했지만 한국이 보여준 투지 넘치는 경기 내용에 외신들도 찬사를 아끼지 않았다. 외신들은 "월드컵에서 어느 팀도 독일에 먼저 3골을 허용하고 나중에 혼쭐을 낸 팀은 없다", "전반전은 세계 챔피언답던 독일, 후반전은 한국의 힘에 밀려 녹슨 전차군단으로 전락"이라며 한국의 선전을 보도했다. 졌지만 잘 싸운 경기. 1994년 미국 월드컵 독일전은 '졌잘싸'의 본보기다.

1998 프랑스, 첫 선제골

1998년 프랑스 월드컵부터 참가국이 기존 24개국에서 32개국으로 확대되면서 아시아 대륙에 3.5장이 출전권이 부여됐다. 한국은 한일전 최고 명승부 중 하나로 꼽히는 '도쿄대첩'을 비롯해 아시아 지역예선에서 6승1무1패를 기록하며 순조롭게 월드컵 본선행을 확정했다.

아시아 지역예선에서 승승장구하던 대표팀을 이끈 감독은 차범근이었다. 경기 데이터 분석을 위해 노트북을 휴대하는 등 이전 감독들에게는 볼 수 없던 그만의 과학적이고 선진화된 리더십은 지역예선 내내 화제를 모았다.

본선에서 멕시코, 네덜란드, 벨기에와 한 조에 편성된 한국의 첫 번째 상대는 북중미의 전통적 강호 멕시코였다.

전반전 28분, 한국에게 프리킥이 주어졌고 하석주 선수가 왼발로 감아 찬 볼이 멕시코 수비수의 머리를 맞고 굴절되면서 그대로 골대에 빨려 들어갔다. 한국이 월드컵 역사상 최초로 기록한 선제득점이었다.

하지만 기쁨도 잠시였다. 득점을 기록했던 하석주 선수가 상대에게 거친 백태클을 시도하자 주심은 지체 없이 퇴장을 명령했다. 국제축구연맹(FIFA)은 대회를 앞두고 선수 보호를 위해 무리한 백태클은 강하게 처벌하겠다는 의지를 천명해왔다. 무모한 반칙이었다. 하석주 선수는 불명예스럽게도 가린샤 클럽에 이름을 올려야 했다. 가린샤 클럽이란 1962년 칠레 월드컵 브라질과 칠레와의 준결승 경기에서 2골을 넣은 후 무리한 반칙을 범해 퇴장당한 가린샤 선수의 이름에서 유래했는데, 하석주 선수처럼 월드컵 본선경기에서 골을 넣은 직후 퇴장당한 선수들을 일컫는 말이다.

하석주 선수의 퇴장으로 수적 열세에 몰린 한국은 후반전 들어서 내리 3골을 내주며 3:1로 패했다. 멕시코의 블랑코 선수는 발 사이에 공을 끼고 점프를 하면서 수비를 따돌리는 '개구리 점프'로 한국 수비진을 농락했고, 이 광경을 TV로 지켜보던 한국 축구팬들은 분통을 터뜨렸다.

월드컵 첫 선제골을 성공시키고도 역전패를 당한 한국

에겐 더 큰 시련이 기다리고 있었다. 히딩크 감독이 이끄는 '오렌지군단' 네덜란드와 두 번째 경기에 나선 한국은 오베르마스, 베르캄프, 다비즈 등이 이끄는 네덜란드 공격진의 수준 높은 개인기와 스피드에 무기력하게 무너지며 0:5으로 참패하고 말았다. 경기 직후 축구협회는 차범근 감독을 경질하였고, 대표팀은 김평석 수석코치가 감독 대행을 맡았다.

마지막 벨기에와의 조별리그 경기에 나서는 한국 선수들의 각오는 남달랐다. 멕시코에게 역전패, 네덜란드에게는 치욕적인 0:5 패배를 당하고 대회 중간에 감독마저 경질된 한국 선수들은 배수진을 치는 자세로 경기에 임했다. 16강 진출을 위해서는 한국을 반드시 이겨야 했던 벨기에도 마찬가지였다. 경기 시작 7분 만에 선제골을 허용한 한국은 후반전까지 추가골을 허용하지 않고 특유의 투지 넘치는 플레이로 버텼다. 이임생 선수는 머리에 출혈이 발생하는 부상을 당해 치료를 받으면서도 붕대를 감아주던 의료진에게 경기장에 신속히 복귀할 수 있도록 빨리 치료를 마치라고 소리쳤다. 결국 후반전 71분, 유상철 선수가 극적인 동점골을 성공시켰다. 다급해진 벨기에는 적극적으로 공격에 나섰지만 경기는 1:1 무승부로 끝났다. 앞선 두 경기에서 2패를 기록했던 한국은 마지막 경기에서 무승부를 기록하며 전패를 모면했다.

비록 월드컵 본선에서 2무1패의 저조한 성적을 거뒀지만 이 대회를 통해 얼굴을 알린 이동국, 고종수 등은 일약 스타덤에 올랐다. K리그 경기장에는 이들을 보기 위해 많은 팬들이 몰려들었고, K리그는 200만 관중의 시대를 열었다. 그리고 적장으로 만나 한국에게 0:5의 패배를 안겼던 네덜란드의 히딩크 감독은 한국과의 또 다른 인연을 준비하고 있었다.

2002년 한일 월드컵, 신화(神話)로 불리는

2002년 월드컵 유치에 성공한 한국에게 남은 과제는 개최국으로서 대회에서 좋은 결과를 얻는 일이었다. 축구협회는 네덜란드 출신의 거스 히딩크 감독을 감독으로 선임하고 본격적인 대회 준비에 나섰다. 히딩크 감독은 오랫동안 한국축구에 뿌리내린 특유의 선후배 문화, 학연 위주의 선수선발 관행 등에서 벗어나 선수들끼리 이름을 부르도록 하고 오로지 실력 위주로 선수를 선발하는 등 축구 문화 개선에 나섰다. 또한 선수들이 90분 동안 지치지 않는 체력을 갖도록 강한 체력훈련을 시켰다.

히딩크 감독 이후 선진 축구문화를 바탕으로 체계적인

훈련을 도입했지만 대표팀의 수준은 단기간에 향상되지 않았다. 대회를 1년 앞두고 참가한 FIFA 컨페더레이션스컵 대회에서 프랑스에 0:5로 패했고, 유럽 전지훈련에서는 체코에게 또다시 0:5으로 패해 히딩크 감독은 '오대영'이라는 불명예스런 별명을 얻었다. 하지만 본선 대회를 2달여 앞두고는 스코틀랜드를 상대로 4:1로 승리, 잉글랜드와는 1:1 무승부, 프랑스와는 대등한 경기 끝에 2:3으로 패배하는 등 향상된 기량을 선보이며 본선 무대에서의 선전을 기대하게 만들었다.

폴란드, 미국, 포르투갈과 한 조에 편성된 한국은 첫 상대 폴란드를 맞아 황선홍, 유상철의 연속골로 2:0으로 승리했다. 한국이 월드컵에서 거둔 첫 번째 승리였다. 이어진 미국전에서는 전반전에 선취골을 허용했지만 후반전에 교체 투입된 안정환 선수의 동점골에 힘입어 1:1 무승부를 기록했다. 동점골을 성공시킨 한국 선수들은 미국 쇼트트랙 선수 안톤 오노의 헐리우드 액션 세리모니를 선보였다. 마지막으로 포르투갈을 상대한 한국은 후반전 박지성 선수의 그림 같은 결승골로 1:0으로 승리했다. 득점에 성공한 박지성 선수가 벤치로 달려가 히딩크 감독의 품에 안기는 장면은 한국축구의 영광을 상징하는 명장면으로 지금까지도 회자되고 있다.

2002년 월드컵 당시 거리응원에 나선 시민들 ©wikipedia

　사상 처음으로 16강 진출에 성공한 한국은 전통적 강호 이탈리아를 상대해야 했다. 히딩크 감독은 "나는 여전히 배가 고프다"라는 명언을 남기며 선수들을 독려했다. 전반전에 선취골을 허용했지만 후반전 경기가 끝나기 직전 설기현 선수가 동점골을 터뜨리고, 이어진 연장전에서 안정환 선수가 헤더슛으로 골든골을 성공시켰다.

　8강 진출에 성공한 한국의 기세는 대단했다. 8강에서 무적함대 스페인을 만났지만 거침이 없었다. 쉴 새 없이 공방을 주고받은 양 팀은 연장전까지도 승부를 가리지 못하고, 승부차기에 돌입했다. 한국은 다섯 명의 키커가 모두 득점에 성공했지만 스페인은 한명이 실축하고, 한명의 키커는 GK 이운재의 선방에 막혀 5:3으로 한국이 승리했다. 4강 신화가 탄생하는 순간이었다.

4강에서 만난 상대는 독일이었다. 발락, 올리버 칸 등이 포진한 독일은 세계 최강팀이었지만 홈팬들의 열렬한 응원에 힘입은 한국은 위축되지 않고 경기에 임했다. 후반전 75분에 발락에게 득점을 허용하고 1:0으로 패하며 결승 문턱에서 좌절했지만 선수들이나 경기를 지켜보는 국민들 모두 아쉬울 것 없이 만족스런 결과였다.

3·4위 결정전은 '형제의 나라' 터키와 치렀다. 터키 국가가 연주되는 동안 한국 관중들로 빼곡한 관중석에서 대형 터키 국기가 펼쳐졌다. 경기는 2:3으로 한국이 패했지만 경기결과는 중요하지 않았다. 한국과 터키 선수들은 서로 어깨동무를 하고 경기장을 돌며 우정을 나눴다. 월드컵 경기에서 보기 드문 아름다운 장면이 펼쳐졌고, 외신들도 한국 응원단들이 보여준 매너와 선수들의 페어플레이에 찬사를 보냈다.

2002년 6월, 월드컵이 열리는 동안 한국의 거리는 붉은 물결이 넘실댔다. 거리응원에 나선 수만 명의 '붉은악마'들은 한국 선수들이 골을 넣을 때마다 너도 나도 할 것 없이 얼싸안고 기쁨을 나눴다. '오 필승코리아', '짝짝짝 짝짝 대한민국.' 응원소리가 끊이질 않았다. 사람들은 거리에 멈춰선 차량에 올라섰다. 지나가던 버스 위에 올라선 사람들은 연신 태극기를 흔들어댔다. 월드컵 축구로 국민들은 하나가 되었다. 사람들은 월드컵을 즐겼다.

2006년 독일, 원정대회 첫 승

2002년 자국에서 열린 월드컵에서 4강을 경험한 국민들의 눈높이는 높아져 있었다. 히딩크 감독을 이어 외국인 사령탑으로 선임된 포르투갈 출신의 코엘류 감독은 2004년 AFC 아시안컵 대회에서 오만에 1:3으로 패한 '오만쇼크', 월드컵 지역예선에서 몰디브와 0:0으로 무승부를 기록한 '몰디브 쇼크'의 여파로 경질되었다.

코엘류에 이어 지휘봉을 잡게 된 네덜란드 출신의 본프레레 감독은 2006년 독일 월드컵 아시아지역예선을 통과하여 6회 연속 본선 진출이라는 성과를 냈음에도 2005년 동아시안컵 부진 등으로 악화된 여론에 밀려 경질되었다.

축구협회는 네덜란드 출신의 딕 아드보카트를 감독으로 선임하여 본선 대회에 나섰다. 토고, 프랑스, 스위스와 함께 한 조에 묶였는데, 언론은 원정대회 최초로 토너먼트 진출을 기대할 수 있는 최상의 조 편성이라 평가했다.

첫 경기 상대는 월드컵 무대에 처음으로 등장한 아프리카의 토고였다. 잉글랜드 프로축구 아스날 소속으로 토고의 공격을 이끌던 아데바요르 선수는 한국팀의 경계대상 1호로 지목되었다. 전반 31분, 토고에게 선취골을 허용하고 끌려가던 한국은 후반전에 들어 이천수, 안정환의 연속 득점으로 2:1 역전승을 거뒀다. 토고전 승리는 한국 월드컵 역사상 원정 대회에서 거둔 첫 번째 승리였다.

두 번째 상대는 티에리 앙리가 이끄는 '아트사커' 프랑스였다. 한국은 전반전 9분 만에 앙리에게 득점을 허용했다. 프랑스는 1득점에 만족하지 않겠다는 듯 한국을 거세게 몰아 부쳤다. 하지만 프랑스의 추가득점은 나오지 않았고, 오히려 후반전이 끝나갈 무렵 박지성 선수의 발끝에서 동점골이 만들어졌다. 이로써 경기는 1:1 무승부로 끝이 났다.

마지막 상대는 스위스였다. 한국과 스위스 모두 상대를 이기면 16강 토너먼트 진출이 가능했기에 물러설 수 없는 승부를 펼쳐야 했다. 전반전에 선취득점을 허용한 한국은 계속해서 스위스 문전을 두드렸지만 후반전에 한골을 더 내주며 2:0으로 패하고 말았다. 후반전 추가 실점 상황에서 오프사이드 판정이 논란이 되었는데, 심판 판정의 옳고 그름을 떠나 주심이 휘슬을 불기 전까지는 경기에 집중해야 하는데 선심이 깃발을 들자 멈춰버린 한국 선수들의 플레이가 아쉬움을 남겼다.

2010년 남아공, 원정대회 첫 16강

2006년 독일 대회를 끝으로 딕 아드보카트 감독은 계약이 만료되어 한국을 떠났고, 히딩크 감독과 아드보카트 감독 체제에서 코치직을 수행했던 핌 베어백이 대표팀의 지휘봉을 잡았다. 하지만 대표팀이 2007년 AFC 아시안컵에서 1승4무1패를 기록하는 등 부진한 모습을 보이자 여론의 비난이 들끓었고, 베어백 감독은 자진 사퇴했다.

축구협회는 허정무 감독을 선임했는데, 이로써 1998년 프랑스 대회에 이어 12년 만에 한국인 감독이 월드컵을 이끌게 되었다. 허정무 감독이 이끄는 대표팀은 아시아 최종예선에서 4승4무 무패의 성적으로 본선 진출에 성공했다. 북한도 1966년 잉글랜드 월드컵 이후 44년 만에 본선 진출을 하여 월드컵 역사상 최초로 남북이 동반 출전하게 되었다.

조 추첨 결과 한국은 그리스, 아르헨티나, 나이지리아와 한 조에 편성되었다. 최종예선에서 무패 행진으로 본선행을 확정한 한국은 '양박쌍용'이라 불리던 박지성, 박주영, 기성용, 이청용 선수가 전성기 기량을 뽐내고 있어 어느 대회보다 탄탄한 전력을 갖추고 있었다.

2010년 남아공월드컵에 출전한 한국 축구대표팀 ⓒ연합뉴스

첫 경기 그리스전은 전반전에 이정수 선수가 선취골을 득점하고, 후반전에 박지성 선수가 추가골을 기록하며 2:0으로 승리했다. 두 번째 상대는 아르헨티나였다. 한국의 허정무와 아르헨티나의 디에고 마라도나는 1986년 멕시코 월드컵 이후 24년 만에 감독으로 재회했다. 경기는 1:4로 한국이 패했다. 조별리그 마지막 상대는 나이지리아였다. 나이지리아는 카메룬과 함께 아프리카의 '검은 돌풍'을 이끈 팀이었지만 이번 대회에서는 좀처럼 위력을 발휘하지 못했다. 한국과 나이지리아는 전·후반전에 각각 1골씩을 주고받으며 2:2 무승부를 거뒀다. 한국은 1승1무1패로 월드컵 사상 최초로 원정대회 16강 진출에 성공했다.

16강전에서 만난 상대는 우루과이였다. 전반 8분 만에 득점을 허용한 한국은 끈질기게 우루과이 골문을 두드렸다. 결국 후반 23분에 이청용 선수가 동점골을 성공시켰다. 공방을 주고받던 양 팀의 균형이 깨진 것은 후반 35분이었다. 수아레스에게 다시 재역전골을 허용했고, 경기는 2:1로 패하고 말았다. 한국은 원정 대회 최고 성적에 만족하며 대회를 마무리했다.

2014년 브라질, 최상의 조편성·최악의 결과

허정무에 이어 대표팀 지휘봉을 잡은 조광래 감독은 유럽형 점유율 축구를 지향하며 한국축구의 스타일을 바꿔놓겠다고 공언했다. 하지만 2011년 AFC 아시안컵에서 기대 이하의 성적을 거두고, 이어 일본과의 친선경기에서 0:3으로 완패한 '샷포르 참사'로 인해 여론의 직격탄을 맞았다. 이후 2014년 브라질 월드컵 아시아 지역예선에서도 부진을 거듭하며 급기야 최종예선 탈락 위기에 몰리자 축구협회는 조광래 감독을 경질하고 전북현대를 이끌던 최강희를 대표팀 감독으로 선임했다.

최강희 감독이 지휘하는 대표팀은 가까스로 최종예선 진출하였고, 최종예선에서도 4승1무3패를 기록하며 우즈베키스탄과 골득실에 앞서 힘겹게 본선행 티켓을 따냈다. 취임 당시부터 최종예선까지만 감독직을 맡겠다는 의사를 밝혀왔던 최강희 감독은 약속대로 감독직에서 물러났고, 축구협회는 홍명보를 감독으로 선임했다.

러시아, 알제리, 벨기에와 한 조에 속한 한국은 역대 대회 중 가장 대진운이 좋다는 평가 속에서 대회에 나섰다. 첫 번째 상대는 러시아였다. 러시아는 그간 월드컵에서 강한 인상을 남기지 못했던 팀이었는데, 2018년 대회 개최 예정국으로서 이탈리아 출신의 명장 파비오 카펠로 감독을 영입하는 등 남다른 각오로 2014년 대회를 준비해왔다. 전반전을 0:0으로 마친 양 팀은 팽팽한 접전을 펼치다 후반 23분 한국이 선취 득점에 성공했다. 하지만 불과 5분 만에 러시아에 동점골을 허용했고, 경기는 1:1 무승부로 끝이 났다. 두 번째 상대는 대회전부터 '최약체'로 꼽히며 '1승 제물'로 여겼던 알제리였다. 하지만 알제리는 '사막의 여우'라는 별명에 걸맞게 만만치 않은 전력을 보였다. 전반전에만 3골을 허용한 한국은 후반전 들어 손흥민의 득점으로 추격에 나섰지만 또다시 한골을 허용하면서 4:1로 끌려갔다. 구자철 선수가 추가골을 성공하며 2:4로 따라붙었지만 거기까지였다. 알제리에게 2:4 충격패를 당한 한국의 마지막 상대는 벨기에였다. 시종 무기력한 경기력을 보인 한국은 후반전에 실점하며 0:1로 패하고 말았다. 최상의 조편성으로 토너먼트 진출에 대한 기대가 높았지만 결과는 1무2패로 최악의 성적을 거뒀다.

2018년 러시아, 독일을 꺾다

2018년 러시아 월드컵을 앞두고 축구협회는 독일 출신의 슈틸리케 감독을 선임했다. 슈틸리케가 이끄는 대표팀은 2015년 AFC 아시안컵에서 준우승을 차지하고, 같은 해 동아시안컵에서도 7년 만에 우승을 차지하며 월드컵을 향해 순항했다. 하지만 아시아 지역 최종예선에서 부진을 거듭하자 위기에 몰린 축구협회는 슈틸리케 감독을 경질하고 신태용 감독을 선임했다. 결국 4승3무3패의 초라한 성적으로 가까스로 본선행 티켓을 얻었다.

스웨덴, 멕시코, 독일 등 쟁쟁한 축구강국들과 한조에 속한 한국은 험난한 가시밭길을 걸어야했다. 한국은 첫 경기에서 북유럽의 강호 스웨덴을 맞아 거센 공격을 잘 막아냈지만 후반전 20분에 실점을 허용하고 말았다. 경기 내내 주도권을 내주고 제대로 된 공격조차 시도하지 못한 한국은 결국 0:1로 패했다. 두 번째 상대는 멕시코였다. 멕시코의 역습과 빠른 플레이에 고전하며 전반전과 후반전에 각각 1골씩을 허용했다. 경기 종료 직전에 손흥민 선수가 만회골을 성공시켰지만 1:2로 패하였다. 마지막 상대는 디펜딩 챔피언, 독일이었다. 독일은 첫 경기에서 멕시코에게 일격을 당해 1패를 기록하고 두 번째 경기에서 스웨덴에 2:1로 역전승을 거둬 1승1패로 토너먼트 탈락위기에 몰렸다. 토너먼트에 진출하기 위해서는 한국전을 반드시 승리해야 했다. 한국은 독일을 2점차 이상으로 이기고, 멕시코가 스웨덴에 승리하면 토너먼트 진출이 가능했다.

국내 언론은 물론이고, 외신도 독일의 일방적인 승리를 예측했다. 경기가 시작하자 독일은 전차군단답게 한국 골문을 향해 맹렬한 공격을 퍼부었다. 하지만 한국의 GK 조현우 선수가 신들린 선방으로 실점 없이 골문을 지켜냈다. 후반전 경기가 끝날 무렵 김영권 선수의 발끝에서 선취득점이 터졌다. 다급해진 독일은 골키퍼까지 골문을 비우고 공격에 가담했고, 한국은 이때를 노려 역습을 통해 손흥민 선수가 추가득점에 성공했다. 반면, 같은 시각에 치러진 멕시코와 스웨덴의 경기는 0:3으로 멕시코가 패배하면서 한국의 16강 토너먼트 진출은 좌절되고 말았다.

스웨덴과 멕시코에게 무기력하게 패배하며 실망을 안겼던 대표팀은 마지막 경기에서 독일을 상대로 승리를 거두며 자존심을 살렸다. 한편 독일은 모두의 예상을 깨고 조별예선 최하위의 성적으로 탈락했다. 2:0 한국의 승리로 끝난 2018년 한국과 독일의 경기는 한국에겐 '카잔의 기적'으로, 독일에겐 '카잔의 치욕'으로 남았다.

에필로그

축구를 즐기는 방법

학창 시절을 보냈던 1990년대 중반은 농구의 인기가 하늘을 찔렀다. 농구대잔치는 여느 스포츠 대회와는 비교조차 불가할 정도로 독보적인 인기를 누렸다. 일본 농구만화 <슬램덩크>와 MBC 드라마 <마지막 승부> 등 농구 관련 콘텐츠가 엄청난 인기를 끌었다. 학교 운동장, 공원 등 농구 골대가 있는 곳마다 농구를 즐기는 학생들로 붐볐다. 나도 그중에 하나였다.

몸은 농구장에서 있어도 나의 관심은 축구장을 향해 있었다. 어릴 적부터 축구가 좋았다. 언제부터인지, 어떤 계기가 있었는지 기억나지 않는다. 사실 무언가를 좋아하는 데는 이유가 없다. 하는 것보다 보는 것이 더 좋았다. 국가대표 경기는 물론이고 프로축구와 실업축구, 그리고 고교축구도 기회가 닿는 대로 챙겨봤다. 지금처럼 인터넷이 발달한 시절이 아니어서 TV 스포츠 뉴스, 신문을 통해 경기 결과라도 챙겼다. PC통신은 즐거운 놀이터였다. PC통신 유니텔 '축구동'에 나와 같은 취미를 가진 사람들이 모였다. 그들은 스스로 '붉은악마'라 이름 지었다.

축구를 직접 하기 시작한 건 나이 마흔을 넘긴 이후부터다. 조기축구회에 나가 '개발' 취급을 당해도 즐거웠다. 보는 축구도 재미있지만 하는 축구가 더 재미있다. 이 재미있는 것을 어째서 이제야 시작했을까 싶다.

좋아하는 것을 즐기는 방법은 여러 가지가 있다. 간접체험(=보는 것)과 직접체험(=하는 것)이 대표적이다. 여기에 '아는 것'을 추가해보자. 이 책을 접한 독자라면 적어도 주변에서 축구팬이라는 소리를 들어봤을 만한 사람일 가능성이 크다. 이 책을 통해 한국축구에 대한 이해의 폭을 얼마나 넓혔을지는 의문이지만 축구를 즐기는 방법 중에 '아는 것' 하나가 추가되었다면 더는 바랄 게 없다. 혹시나 '보는 것'과 '하는 것' 중 하나만을 즐겨왔던 사람이라면 이제 둘 다 해보자. 축구의 재미가 배가될 것임이 분명하다.

축구의 계절이 왔다

다시 축구의 계절이 왔다. 한국축구는 '벤투호'에 몸을 싣고 카타르로 원정항해에 나선다. 포르투갈 출신의 벤투 감독은 2018년 한국 대표팀 감독으로 부임했다. 안정적인 후방 빌드업과 조직적인 전술 플레이를 강조하며 한국의 10회 연속 월드컵 본선진출을 이끌었다.

한국은 카타르 월드컵 조 추첨 결과 포르투갈, 우루과이, 가나와 한 조에 편성됐다. 어느 팀 하나 만만한 상대가 없지만 대체로 무난한 조 편성이라는 평가 속에서 대회를 준비하고 있다.

카타르로 향하는 벤투호에 최종 승선할 선수들은 누구일까. 유럽에서 활약하는 손흥민, 황의조, 황희찬 등의 공격진은 벤투호 승선이 확실한 자원들이다. 꾸준히 벤투 감독의 부름을 받아 중원을 책임졌던 '벤투호의 황태자' 황인범과 유럽 진출 이후 기량이 만개한 '탈아시아급 수비수' 김민재 역시 최종 엔트리에 포함될 가능성이 크다.

세계인들의 이목이 월드컵이 열리는 카타르에 쏠리고 있다. 대회가 열리는 2022년 11월은 겨울이다. 하지만 월드컵의 열기로 인해 어느 여름보다 뜨거운 계절이 되리라. 한국축구의 새로운 역사가 만들어지는 2022년 겨울이 되길 기대한다.

2022년은 한국축구 역사가 140년이 되는 해이다.